SURVIVORS 首部曲之 II

狗勇士

暗藏敵影

A HIDDEN ENEMY

艾琳・杭特◎著　盧相如◎譯

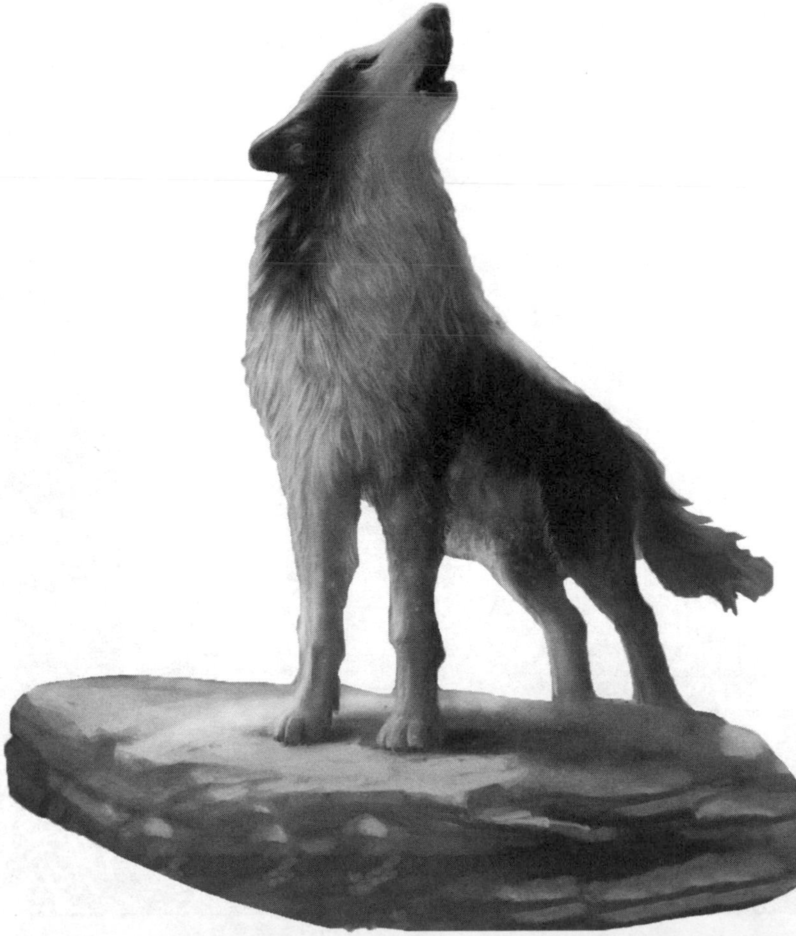

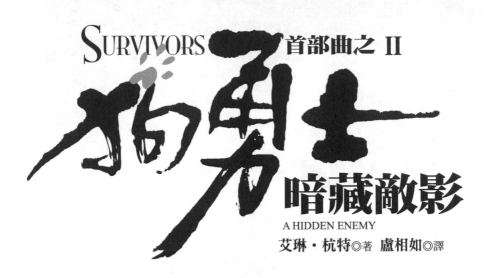

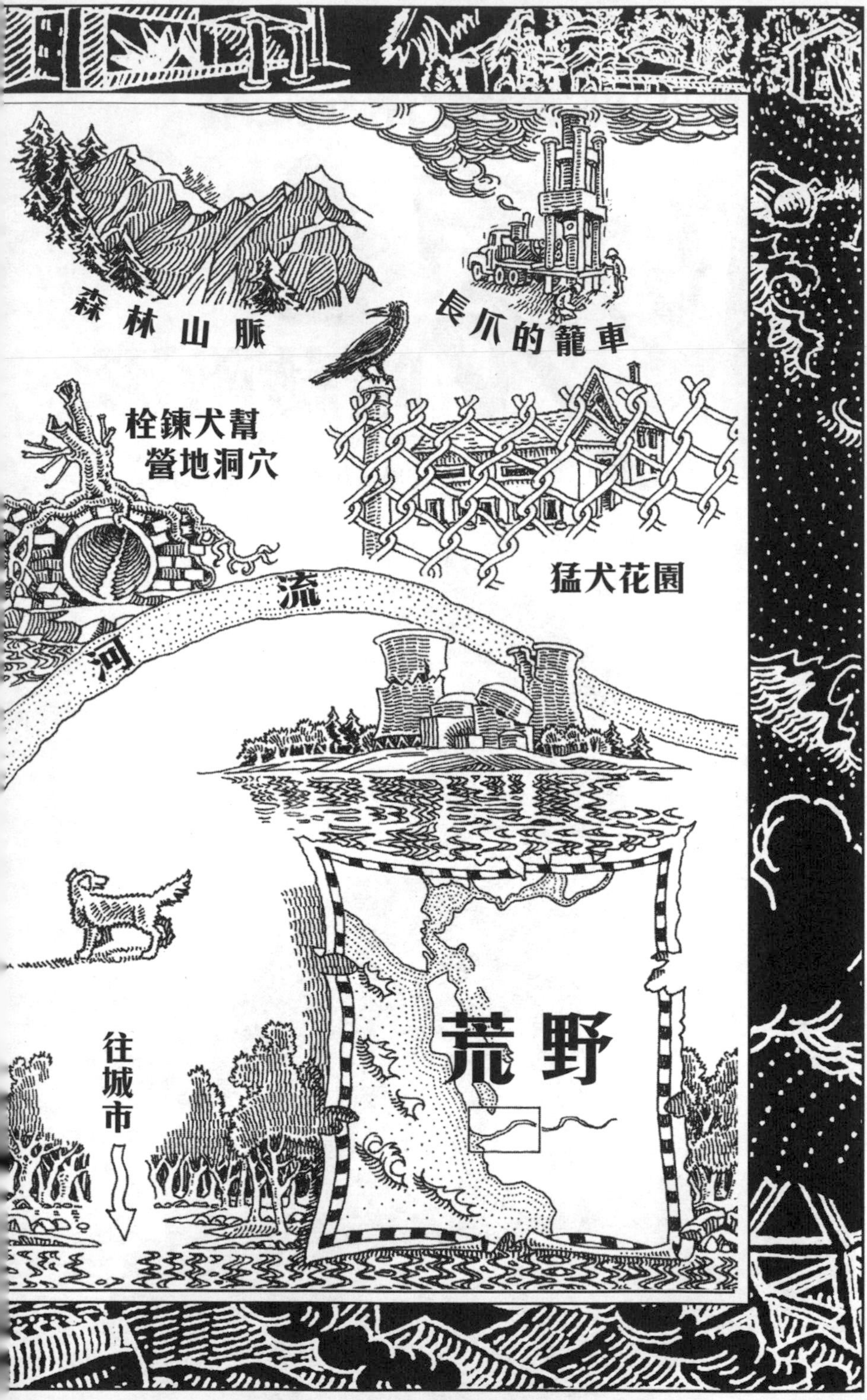
森林山脈
長爪的籠車
栓鍊犬幫
營地洞穴
猛犬花園
河流
荒野
往城市

湖
荒野狗幫
地盤
大裂縫
長爪營地
生病
森林

狗勇士 征戰世界名詞解釋

繞圈儀式（ritual circle），狗睡前圈地抓整臥鋪的儀式。

風暴之犬（Storm of Dogs），意指暴風雨。世界動盪，自然萬物的征戰。同時也意指閃電與地犬拉鋸對抗的神話傳說。

天犬（Sky-dogs），意指天空。狗世界的上帝。

地犬（Earth-dogs），意指大地，廣義可指自然萬物。狗世界認為萬物死亡終歸地犬所有。

長爪（longpaw），意指人類。

陷阱屋（Trap House），意指動物收容所。

大咆哮（The Big Growl），意指摧毀城市的大地震。

透明石（clear-stone），意指玻璃。

快腿犬（Swift-Dog），四肢細長的狗，其奔跑速度快。多指靈𤟹（格雷伊獵犬）。

獨行犬（Lone dog），不隸屬狗幫，獨來獨往，自食其力的狗。

狗幫（dog pack），有首領艾爾帕、副首領貝塔等組織的狗群。有其律法、幫規必須遵守。

籠車（loudcage），意指汽車。

艾爾帕（Alpha），狗幫中的首領，發號施令，負起帶領狗幫責任的老大。

太陽犬（Sun-dogs），即太陽。

狗勇士 征戰世界名詞解釋

- **美食屋**（Food House），意指人類的餐廳。
- **栓鍊犬**（Leashed Dog），與人類同住，享有人類照料吃住的狗。
- **腐食桶**（spoil-boxes），意指人類的廚餘桶。
- **臭味桶**（smell-box），意指人類的垃圾桶。
- **利爪**（sharpclaw），意指貓咪。
- **水泥牢籠**（stone cage），人類居住的公寓。
- **猛犬**（Fierce Dogs），皮毛黝黑、體型纖瘦，有堅挺的雙耳與口鼻。多指杜賓犬。
- **無日**（no-sun），意指夜晚。
- **長爪皮毛**（longpaw's fur），人類的衣服，外衣。
- **農場犬**（Farm-Work Dog），意指牧羊犬，多指邊境牧羊犬。
- **戰鬥犬**（Fight Dog），訓練有素可攻擊、戰鬥的狗，多指德國牧羊犬。
- **月犬**（Moon-Dog），意指月亮。
- **歐米茄**（Omega），狗幫中地位最低的層級。不得狩獵或守衛，需要聽命於狗幫中的所有狗，沒有獲得艾爾帕允許，甚至不得擅自離開狗幫地盤。
- **狗靈**（dog-spirit），狗兒們引以為傲的精神、思想與原則。

狗幫成員

副首領貝塔

甜心：動作敏捷，灰色短毛髮。和幸運一起逃離陷阱屋的快腿犬。格雷伊獵犬。

狩獵犬

費瑞：強壯有力，擁有黑色毛髮，質地粗糙的大型犬。

史奈普：棕白色毛髮相間小型母犬。

蒙奇：黑色長毛狗，耳朵也長長的。

春天：褐色母獵犬，黑色斑點相間。

巡邏犬

月亮：黑白相間的母犬，有三隻幼犬。

達特：棕白色毛髮相間，身形瘦小的母追蹤犬。

崔奇：棕色毛髮，黑色斑點相間的追蹤犬，有一隻瘸了的腿。

歐米茄

懷恩：狡猾、投機，扁臉的小黑犬。

狗幫成員

獨行犬 *Lone Dogs*

幸運：原是一隻獨行犬。金白色毛髮相間，毛髮濃厚。
老獵人：幸運在城市裡的朋友。壯碩的公狗，鬥牛獒。

拴鍊犬 *Leached Dogs*

貝拉：幼名叫嘰喳。金白色毛髮相間，是幸運的妹妹，善於鼓勵同伴們，有著絕佳的領導能力。喜樂蒂獵犬（喜樂蒂牧羊犬與黃金獵犬的混種）。

黛西：西高地白㹴和傑克羅素㹴混種。

麥基：黑白毛髮相間，農場犬。邊境牧羊犬。

瑪莎：勇敢並善於游泳，個性溫柔且善良。黑色大狗，紐芬蘭犬。

布魯諾：強悍、勇敢，有著絕佳的戰鬥能力，睡著時會打呼。毛髮濃密，戰鬥犬，德國牧羊犬。

陽光：容易懼怕、念舊，有絕佳的視力並且嗅覺敏銳。白色長毛小狗，馬爾濟斯。

艾菲：勇敢無畏，但有一些莽撞。身形低矮肥壯。背部毛髮較深，棕色與白色毛髮相間。口鼻、四肢皆短，臉部充滿皺褶。英國鬥牛犬。

荒野狗幫 *Wild Pack*（按階級排列）

首領艾爾帕　體態優雅靈活的灰色狼犬。灰白色毛髮相間，有著一雙黃色瞳孔。善於震懾嚎叫。

序言

你贏不過我的，蟲子！亞普心想，他興奮地一掌壓制一隻色澤發亮的綠色甲蟲，讓獵物無處可躲。亞普可是名狩獵者（獵食犬），疾如風、有膽識！是閃電與天犬的勇猛戰士！

看我怎麼對付你……

他朝著爪子下這隻扭動的生物，發出他最駭人的吠叫聲，告訴蟲子牠的死期將至，此時耳邊卻傳來令人毛骨悚然的嗥叫，亞普抬起頭來，不寒而慄。

狗？**是其他的狗嗎**？

此時甲蟲早已趁機逃離，消失在白色圍籬之下，但是亞普一點也不在乎。那瞬間，遠離圍籬變得比獵食更加重要。他跌跌撞撞地朝後方退去，越過長草，跑回棚屋，小窩裡熟悉的溫暖氣味令他感到安心。手足夥伴們紛紛吠聲和唱著，歡迎他返家，他在手足的簇擁之中，鑽進母親的肚子下方藏匿。

幼犬間的親密撫觸終於和緩了他急促的心跳，他因而重獲勇氣。

「那是什麼聲音？」他小聲問道，「你們聽見沒？聽到了嗎？」

「有啊！有聽到！」

「我們聽見了！」

「嚇人的狗叫聲！」

「聽著，小傢伙們。」狗媽媽慈愛地舔舐著他們的臉龐，「那不是狗，是狼，而且他是不會來到這裡的。」

狼。亞普聽到這個字後發著抖，感到前所未有的害怕，同樣的不安，也從他手足們緊繃的身軀感覺到。它聽起來不像是個好字，而是狗兒該感到害怕的字……

母親溫柔地笑道，「你們不必擔心，狼群與我們並沒有太大的差異，他們有四條腿，身上長有毛髮和牙齒。他們的動作迅速、強壯且凶猛，但他們充滿野性，狡詐、詭計多端。」

「我敢說我比狼更聰明狡猾！」嘰喳連忙說道。

「我可不希望如此！」狗媽媽回答，「狗兒不該如此。我們很聰明但不耍詐，我們高貴且具有榮譽感。孩子們，你們得記住這點。」

「狼的嗥叫聲有點像狗。」史尼普怯生生地說。

「狼與狗的血緣相近，史尼普。而且可以回溯至很久以前。但這不意味著可以信任他們。如果見到了狼，你們得和他們保持距離，必要時還得逃得遠遠的。」

「爲什麼？」亞普問，他抬起頭，滿臉疑惑。

「因爲狼會趁你不注意時狠咬你。千萬別靠近狼……還記得努索的故事嗎？她總是過於好奇，忽視她自身的安全。她聽見狼嗥後，便循著聲音跟隨他們，她的膽識就如同她的求知慾般旺盛，但她很後悔這麼做。」

「我也有膽識！」嘰喳插嘴道。

「膽識和愚蠢只有一線之隔，嘰喳！後來荒野狼幫逮到了努索，把她囚禁在巨松之下，荒野狼幫的領袖——大牙會以監視罪名處死她。

「但是努索是閃電的子孫，雖然閃電那個時候已經與天犬相伴，但他依舊庇佑著他的後代。當他看見努索遭遇到危險，便降臨地面，放火燒巨松跟大牙！野狼們嚇得四散逃逸，正因爲這件事，努索後來茁壯成長爲勇敢凶悍的狗勇士——野火。但我們可不能仰仗閃電會前來拯救，所以我們必須從努索的錯誤中學習。」

遠方再度傳來狼嗥聲，小狗們彼此依偎得更緊密了，狗媽媽則豎起耳朵傾聽。母親的身體十分溫暖，亞普的耳朵緊貼著她的胸膛，聽見她撲通撲通的心跳聲，亞普因而感到放鬆、安心。母親會保護大家的安危。

亞普湊近母親的前腿，「就算狼來了，我們也不會有事，對吧？」

嘰喳輕蔑地哼了一聲：「別傻了，亞普！你也聽見媽媽說的話了，狼是不會到這裡來的！」

「你說得沒錯，」母親輕快的口氣有點遲疑，「狼絕對不會找到這裡來。你們全都很安全，現在該睡覺了。」

亞普將鼻子塞進溫暖舒適的腳底，卻忍不住拉長耳朵聆聽那個令人不寒而慄的狼嗥聲，直到它逐漸消隱於遠方。**我會學聰明，絕不會重蹈覆轍，犯下努索的錯誤**，他心想。**我會離狼群遠遠的**。

他會和手足們安全地簇擁在一起，彼此互相取暖。遠離荒野、狼群，待在家人保護的羽翼之下……

第一章

「這裡是我們的地盤！我們的！」

鳥兒們受到驚擾紛紛發出尖銳的叫聲飛離樹稍，樹葉散落在幸運腳邊。

他渾身僵硬、發抖，回頭張望來時路。那聲音來自溪谷，是他的狗幫——不，不是他的狗幫，只是他的同伴。激動凶猛的吠叫聲告訴他一件事，他們正遭遇可怕的危險。可是他卻沒有在場幫助他們抵禦敵人。

幸運環顧四周，十分掙扎。太陽露臉之後，他便離開了同伴，獨留他們保護自己，他踏上旅程已有一段距離了。迷霧中，他可以看到遠方山巒的輪廓，他現在離溪谷很遠了，幾乎能夠俯瞰整座森林。眼看他就要越過樹林，山脊近在咫尺。是這一幕驅使他的雙腿愈跑愈快，但此刻，他卻僵直得如同一棵樹。

他的同伴需要他。

幸運的心跳砰砰砰的跳著，旋即轉頭往回奔去。

森林之犬！別讓他們受到任何傷害！讓我及時趕回他們的身邊……

他朝溪谷加速前進，跳過斷落的枝椏以及散落的樹葉。他應該相信自己的直覺。他打從心底明白，不該與他的狗幫分開，但他最終卻以獨行犬的姿態離去，使他們陷於險境之中。

如果我不挺身而出，還有誰能夠保護他們？

他仍聽得到憤怒的嗥叫聲，其中摻雜了妹妹以及拴練犬幫其他狗兒的吠叫，還有其他無法辨認出來的叫聲。

「這裡是我們的土地、我們的水源！滾開！」

「大家聚攏在一起！跟緊我！」

因爲有雙強而有力的後腿，幸運迅速地奔往某個小丘的頂端，突然間他因爲急煞而踉蹌絆倒，眼下他就要墜落溪谷了。

等等，幸運，你要仔細觀察地形，才不會貿然丟了小命。

幸運目光銳利，掃視腳底的溪谷。溪谷穿過濃密的樹林，一路延伸至一片廣闊、蓊鬱的草地。這裡對栓鍊犬來說，是個理想的棲息地。麥基能在這裡狩獵，瑪莎可以在小溪裡游泳，還有許多庇蔭處能讓陽光、艾菲和黛西休憩，而廣闊的林地可供布魯諾和貝拉探索。他應該早點想到其他狗兒也會這麼認爲。顯然，其他狗幫早在他們之前便占據了這塊地，如今他們不過是在守護自己的領地。

遠方，平靜的水面閃著銀光；更遠處，溪水流過森林邊緣，那是他與栓鍊犬分開的地方。幸運衝下山坡，朝向那裡奔去。

充滿敵意的狗幫叫聲令幸運感到惱怒與恐懼。但他知道如果在大太陽下從樹林中奔竄而出，敵方一定會立刻發現他的身影，因此他打算謹愼行事。

離開同伴後，河水產生了異樣。**真是詭異**，幸運心想。他回憶起頹圮城市邊緣的河水與池水，同樣散發著危險的氣味。

幸運驚愕得停下腳步，盯著河水瞧。水面漂浮著一層令人作嘔的綠色髒汙。這裡本該是個安全的世外桃源！河水本該純淨、清澈見底，而的確曾經是如此，至少前一天發現這裡時，他們還這麼認爲。

此時，幸運發現致命的髒污散布在河流下游。

我竟帶領他們來到這裡，有毒的河水！

大咆哮所帶來的災害，就連這地方也難逃死亡的腐敗氣味嗎？河邊的矮樹叢與樹木也都枯萎得奄奄一息，彷彿遭到巨犬啃咬般虛弱。幸運越過與溪水平行的山坡，內心感到十分沉重。如果大咆哮造成的汙染連這裡都受到影響，那他們大概也無處可去，沒有地方稱得上是安全的。

「滾開！」

凶狠的嗥叫劃破空氣，幸運先是聽見狗兒們驚惶失措的叫聲，接著是因爲疼痛而發出的刺耳哀號聲。他急忙奔下山，腳爪頻頻在石頭上打滑。最後他穿過一道濃密的矮樹叢，終於可以看到他們了。

和發動攻擊的狗幫相比，他的同伴們顯得嬌小脆弱。敵方是一幫一臉蠻橫的大狗，他們四肢堅實挺直，全都厲聲吠叫著，不時有狗衝向前連聲狂吠。

「這是你們自找的，栓鍊犬！」

幸運似乎聽見了貝拉的叫聲，雖然因爲恐懼顯得比較小聲，卻她仍鼓起勇氣吠叫。

「不要緊的，大家靠攏在一起。陽光，躲在布魯諾身後。瑪莎，你幫忙黛西。」

幸運壓低身子，躲在大石頭的陰影後方，算出對方一共有七隻狗。他感到血脈賁張，衝動得想要加入戰局，但曾在街頭打混過的直覺告訴他別衝動行事。混戰一度停歇時，他瞬間鬆了一口氣。對方不過是在嘲笑與羞辱貝拉他們，如果幸運現在衝進去，只會讓情勢更加危及。對方會爲了專心對付他，而迅速解決眼前這群相對小隻的狗。

此時，幾隻大狗撲向陽光和黛西，並對他們又吠又咬，但都不致命，而是讓他們嚇得頻頻畏縮。

「打亂他們的陣仗。」有隻狗低聲吼道，「春天，留意你旁邊！」其中一隻野狗跳到她的右邊，阻擋陽光的去路，躲在布魯諾身後的小狗們紛紛奔向矮樹叢下方躲藏。幸運四下張望，尋找發號司令的狗，卻不見對方身影。

幸運知道如果任何一隻大型梐鍊犬衝上前保護陽光跟黛西，其他野狗會朝他們猛撲而來，啃咬糾纏至他們筋疲力竭、氣力用盡。等雙方眞正開戰，火力全開時，貝拉與其他同伴那時肯定已無力應付。他曾見識過同樣的場面，不夠光明正大，卻能命中對方要害。從前在大城裡討生活時，他總是盡可能避開這類凶神惡煞。

他大可以跟他們一樣耍些心機或是下流把戲，令荒野狗幫措手不及。可是他卻告訴自己別急著衝進去，得仿效森林之犬的狡猾。

幸運躲藏在陰暗處，襲擊前他還能再更靠近，只要盡可能地待在下風處。他在樹叢間來回閃躲，當他從小土坡後方爬出來時，他看到了對方的老大。

他們的艾爾帕。

他的毛髮是灰色的，體型巨大，體態看似優雅靈活，卻顯得威風凜凜。他並未親身參與打鬥，卻不斷對其狗發號命令。

「緊咬住他們不放！好好教訓他們，沒有狗可以侵略我們的領土！」他仰起頭，發出一聲很長的嗥叫。

幸運嚇得寒毛直豎，他爬向前去時，不祥的預感令他的胃一陣翻攪。

那不是狗……

難怪這群狗幫的伎倆與狼群如出一轍。幸運從未近距離看過狗族的遠親，但在匆匆一瞥之中，加上依稀記得的床邊故事，他認出那蒼白的眼瞳、粗野的獠牙與粗長蓬亂的毛髮，還有他絕不會認錯的，那聲凶猛的嗥叫。很久很久以前，他聽過同樣嗥叫聲。記憶如漣漪般漸漸浮現——並非親眼所見，而是親耳聽過的回憶。

這隻凶狠的灰犬肯定具有一半狼的血統！幸運聽聞過這類狗，卻從未遇見過。

兩隻荒野狗幫的成員緊盯著大型拴鍊犬，儘管他們偶爾望向領袖，對接獲的命令不免滿腹牢騷。幸運猜測，在嚴格的荒野狗幫階級裡，兩隻狗的位階應該就在發號司令的狼犬之下。其中一隻狗，體型巨大，深色毛髮，頸背強壯有力，下顎寬大。幸運仔細觀察瑪莎，雖然她在拴鍊犬中體型巨大，但其中一隻腿受傷了，一跛一跛地遠離深色大狗時，地上留下一灘又一灘的血腳印。

另一隻狗則是身材精瘦的快腿犬，她在戰場外急奔、閃躲，幸運的目光幾乎跟不上她的腳步，她迅速有效地執行命令，體型遠比另一隻狗嬌小脆弱，卻握有控制下屬行動的權力。

或許是因爲體型和身上的毛髮色澤相仿，幸運不禁哀傷地想起甜心。當時一起被抓到陷阱屋裡的同伴們全都命喪黃泉，只有他與甜心逃出來。

但是眼前這隻狗並沒有甜心的好脾氣。不管她是誰，只要她的艾爾帕一聲令下，她一定會將柽鍊犬變成烏鴉的大餐。

森林之犬，我需要藉助祢的機智與能耐……

幸運悄悄地向前，繃緊神經，依舊謹愼地待在下風處。此時，他離打鬥現場只有幾隻狗身長的距離，對方仍舊未嗅聞到幸運。如果他能夠出其不意地讓對方嚇得怔住，或許能夠替柽鍊犬爭取脫逃的機會——只需要迅速地往前飛撲。

他才抬起一隻腳，便再度怔住。距離不到五步之遙，一隻體型嬌小、胸膛厚實的狗從一團扭打中衝出來。幸運吃驚得幾乎要窒息。

艾菲！

這隻嬌小的柽鍊犬在體型龐大的艾爾帕面前煞住腳步。艾菲想掩飾他的恐懼，然而後腿顫抖著，出賣了他。但他背脊隆起，齜牙咧嘴，挑釁地低吼著。小狗朝對方狂吠時，狼犬抬起頭盯著艾菲。

「放我們走！放我的朋友走！誰說這裡是你們的領地？」

片刻之間，這隻艾爾帕一會兒嗤之以鼻，一會兒視之可笑。

艾菲繼續勇敢地發出吠叫，他的頭左右甩動著，彷彿以為這些多餘的舉動能夠令他的身形看上去更大，更具有威脅性。「我們只是想要尋找乾淨的水源，你們卻對我們發動攻擊！你們罪大惡極！」接著，他的目光落在蔓生的樹叢間，瞬間與幸運四目交接。艾菲頓時感到開心，彷彿身體變得龐大無懼，吠叫得更大聲，更有恫嚇力。幸運幾乎可以聽見這隻小型犬亢奮的心聲。

幸運回來了……我們得救了……這場仗我們贏定了！

幸運頓時害怕得劇烈顫抖著，他意識到自己的出現鼓舞了艾菲，以爲他可以對抗那隻狼犬。

艾菲皺皺鼻子，朝身形巨大的敵人露出牙齒。

不！

幸運立刻全力衝向前去，可是太遲了，艾菲已經撲向那隻狼犬。對方的艾爾帕幾乎無需移動一分一毫，巨掌已朝眼前膽識過人的栓鍊犬一揮，一掌把他打倒在地。艾菲滾了一圈後停下來，震懾得動彈不了。撕裂的傷口湧出鮮血。

幸運一個踉蹌煞住腳步，氣憤得想要大聲咆哮。要是艾菲沒有看到自己，他也不敢鼓起勇氣衝向這隻狼犬。

為何要讓你看到我，艾菲？為什麼？

這時，幸運感覺到腳下的地面一陣劇烈搖晃，寒毛直豎。彷彿地犬同樣感到氣憤難耐。

接著，轟的一聲！幸運被拋向前方，當整個世界再度劇烈搖晃，他跌倒在地，滾了一圈，但趕緊跳起身來，渾身發抖。

另一個大咆哮？

所有狗兒壓低身子穩住腳步，都將打鬥暫時拋向腦後。荒野狗幫成員望向他們的艾爾帕。只見他在搖晃的大地上努力穩住自己的腳步，不久發出一聲寒氣逼人的長聲嗥叫。

「大咆哮又來了！狗幫成員，聽從我的指令！」

幸運身旁的樹嘎吱作響，一道彷彿在呻吟的轟轟聲，頓時間樹開始傾倒。他及時跳開，樹幹應聲撞上土坡上的堅硬石頭，然後滾過地面碎裂成兩半，停在幸運的腳邊。不久，到處充斥著樹木受折磨發出的嘎吱聲響，更多樹木一棵接一棵地倒下，紛紛撞擊石頭，發出宛如雷聲般的巨響。

幸運嚇得開始奔逃，根本分不清方向，但他也不在乎自己是奔向何方。

只要可以遠離大咆哮。

但是大咆哮無所不在，四處都有她的魔影，腳下的大地搖晃得就要崩裂開來了。

不，別又來了！別讓大咆哮毀了這裡……

奔逃的當下，幸運回望其他的狗。栓鍊犬與荒野狗幫皆嚇得四處逃竄。顫動的地面崩裂，就在溪谷的正中央，地面裂開了一道傷痕。幸運眼角瞥見了一團慘白的身影，**有狗落入裂縫之中了？**幸運迅速把頭轉向右側，害怕見到任何一隻狗喪命。他看到麥基與布魯諾奮力地拖著艾菲虛弱無力的身軀到避難處，瑪莎則是痛苦地跛著腳，努力避開倒下的樹木。

我的狗幫！

直覺驅使幸運奔向他們，可是太遲了。另一棵巨樹在他頭頂上方嘎吱作響，崩裂開來，活像急著解脫般，將自己連根拔起。

幸運跳開閃過土石與樹木的殘根，連滾帶爬，前腳感到一陣劇痛。有一小段時間，他幾乎動彈不得。當他見到搖晃的大樹晃回原地時，還以為自己安全無虞了，直到地面再度蠢動，前方的那棵大樹眼看就要朝自己傾倒而來了。

倒臥在地的幸運感到驚恐萬分，背脊發涼，他瞪大了雙眼，望著那棵劇烈搖晃的大樹，樹木承受瀕死折磨的尖叫聲，讓幸運的腦中一片混亂。

他翻過身，試圖伏地爬行離開，卻無處可逃。

地犬要收回我的小命……幸運心想。此時，大樹發出巨響就要崩塌，

這回，我恐怕躲不過了。

第二章

大樹就要朝他直撲而來，幸運聽見樹木怒吼的轟隆聲，一陣疾風呼嘯而過……

幸運瞥見不遠處有顆懸伸的岩石，扁平尖突的下方可以躲藏，於是他用盡僅剩的所有力氣，匆忙地抓爬上一顆巨石然後滑行而下，衝向突出的岩石下方，捲縮其中，顫抖得像隻躲在母親懷中的幼犬。

好長一段時間，耳邊只傳來樹木崩倒在石頭上發出的轟隆巨響，以及樹枝碰撞尖突岩石後斷裂的聲音，爆裂的枝椏與木片在他四周噴發著。

當木頭碎片擊中身體時，幸運忍不住縮起身子，但他知道自己不能移動，也不能起身跑開，無論他多麼想這麼做。

求求祢，地犬，他心想。**拜託祢大發慈悲。**

不久，大樹傾倒崩落所發出震耳欲聾的聲響逐漸緩和，回盪在空中的轟隆聲也逐漸止息，只聞雪片般的松樹針葉，紛紛落下的細微聲響。最後，腳下的地面終於回復平靜。地犬停止咆哮。

幸運的身體依然顫抖個不停，他拖著身子爬了出來，艱難地穿過死亡之樹厚厚一層的枝椏與闊葉。它的樹幹宛如籠車般粗壯，一想到差點就要被那棵樹壓扁，幸運的背脊不免一陣發涼。**我很可能現在就已經死了……軀體可能已經被地犬吞噬**。

幸運舔舔自己的腳，但痛楚已經消失。知道自己沒有受傷時，如釋重負。前一次大咆哮發生時，他的腳爪被割傷，好不容易才剛復原，若是腿再受傷可就麻煩了。

原本在幸運周遭的土坡已徹底被撕裂摧毀，彷彿一隻巨犬在上頭劃了一道很深的傷痕，場景駭人。幸運小心翼翼地爬下崎嶇不平的斜坡，絲毫不敢加快步伐，但發生爭鬥的地點就在下方不遠處。抵達地面時，幸運急忙加快腳步。

空氣中充滿了各種氣味——潮濕、崩裂的大地、裸露的樹根、血，還有木頭碎裂的味道。儘管大家都已四散逃離稍早爭鬥的地點，最濃烈的氣味仍莫過於狗兒的恐懼。幸運豎起耳朵傾聽動靜，環顧四周，希望能見到任何一隻狗幫的成員也在找他。他完全不知道他們身在哪裡，還有其他的狗也有看見他嗎？

還是只有可憐的艾菲？

那隻小狗身受重傷的畫面浮現在幸運的腦海裡，他聽見了慟哭的聲音，像是一隻哀痛無助的狗發出的聲音。

他緊張地張望四周，寒毛直豎，想弄清楚這聲音從哪個方向傳來的？雖然近在咫尺，卻不見那隻狗的蹤影。

轉身搜尋的當下，他注意到了地面的裂隙。瞬間一陣寒氣逼來，因為他想起混亂中曾瞥見一團慘白身影落入地表裂開的縫隙……

是地犬！他想。她肯定吞下了其中一隻狗，彰顯她對狗幫爭鬥的不滿。幸運四肢僵直，身體顫抖著，後退遠離那道裂口。如果地犬當真因為他們的爭鬥而感到憤怒，誰知道接下來她會怎麼做，那怒火的矛頭又將會指向誰？

他必須盡可能遠離那個裂縫。他無法辨識究竟是哪隻狗發出那淒厲的哀號聲，聲音聽起來並非來自栓鍊犬的其中一隻成員，因為就算聲音模糊或是墜落地底，他都認得出來。那隻發出哀嚎聲的可憐狗與幸運並不相識，是對方的狗幫成員。

他們不值得信任，我何必拯救一隻不認識的狗？

但是仍讓幸運不安得毛髮顫動、皮膚刺痛，直覺拖住他，使他無法離開，也抗拒不了驅使他一探究竟的衝動。他高高地豎起耳朵，全神貫注聆聽。那近乎絕望、懇求的哀號聲勾起他想起了最近發生的事，而那氣味……有說不出的熟悉感，可是大咆哮傾覆一切之後，摻雜了混亂的味道，令他難以辨識。

幸運用力甩動自己的身體。想當然，他不會坐視其他狗陷入險境而不顧！不論對方是敵是友。如果放任同類受苦，他也就不配當一隻狗。母親以前曾經說過，狗兒高貴具榮譽心。他不能背叛自己的狗靈。

幸運深呼吸，小心地走到裂口邊緣。地底一片漆黑，等他的眼睛適應了黑暗以後，他認出那隻瑟縮的狗。

是快腿犬。

她是狼犬的其中一隻帶隊犬，負責衝鋒陷陣，發出攻擊指令。此時，她蹲伏在狹窄的岩盤上，害怕得渾身發抖。她的口鼻突出岩盤，瞪大雙眼看著下方，那致命的黑暗深淵。幸運的腳掌碰掉了裂口邊緣鬆脫的石頭，碎石落入地底，快腿犬抬起頭，驚恐地瞪看著他。

幸運驚訝地趕緊往退開。

甜心！

是一同遭到囚禁……與他一起從收容所活著離開的朋友。當她決定離開他，獨自尋找自己的狗幫時，幸運曾懷疑她是否能夠倖存活命。

她活了下來，而且還加入了荒野狗幫！

她此時嗚咽出聲，強烈的光線使她眨著一雙大眼。當她認出幸運之後，吃驚地大聲吠叫：「你怎麼會出現在這裡？」

他們同時發出相同的疑問，目瞪口呆地望著彼此好一段時間。

接著，幸運甩甩頭說道：「這不重要，甜心。你必須離開那裡。」

她緊貼著岩壁，顫抖道：「我不知道該怎麼做……」

幸運遲疑地舉步向前，腳掌落在洞口邊緣。他壓低了身子，但是鬆動的石頭不斷地從他的腳邊蜿蜒滑落，碎石如落雨般淅淅瀝瀝，掉入黑漆漆的洞裡。

退後！幸運迅速退離洞口，毛髮直豎。

「你跌得並不深，有沒有辦法用爪子抓住峭壁邊緣爬上來？」

「應該沒有辦法，」她哭喪著臉說，「要是我不小心鬆開爪子，我會……」

「我會幫你的，但你得試一試！」

甜心緩緩起身，小心翼翼地轉了一小圈，彷彿在做睡前的準備。此時，她夾緊尾巴，纖細光滑的身軀害怕得發著抖。接著，她遲疑地向上躍起身，緊抓住峭壁邊緣。

「現在，後腿使點勁，往上爬。你不會有事的，甜心，只需要直接往上爬。」

甜心緩緩沿著陡峭的岩壁往上爬，後腿拚了命地動著。甜心開始往下滑落，她驚愕地哀鳴一聲，幸運這時朝裂口彎身下去，及時咬住甜心的頸背，祈禱地犬保佑搖搖欲墜的石頭能夠支撐他的重量。這時候，他沒辦法發出吠叫聲鼓勵她向上爬，她驚慌地扭動著身軀，幸運只能奮力地將她往上拉。

他聽見身後傳來再熟悉不過的聲音，那巨大的嘎吱聲響，充滿不祥的預兆。一聲悲憤的呻吟聲傳來，幸運咬緊牙使勁向後拉，將甜心拽上來，而這隻快腿犬也使出渾身解數，後腿用力一蹬，終於越過峭壁邊緣，幸運用肩膀一頂，將甜心撞向一旁，說時遲那時快，一棵傾倒的樹木發出劇烈聲響，重重落在地面，斷成兩截。

他們呼吸急促，歷經浩劫後餘悸猶存地喘息著。幸運氣喘吁吁地眨著雙眼，直到氣息穩定，心跳不再砰砰作響。

他們開心地叫著，互相碰撞，彼此打滾，興奮地舔拭對方，吠叫出聲。

「第二次大咆哮，我們又逃過一劫！」幸運說。

「是啊！噢，幸運，你眞的是福星！」甜心附和。

「我沒想到會再次見到你！」

「我也沒想到，獨行犬！」她開心地輕咬他的脖子。

「甜心……」幸運稍稍往後退，想起再次見到她時，還沒有認出她來時，那凶狠殘暴的野狗模樣，「你的狗幫爲何攻擊……這些狗？」

甜心語帶嘲諷：「這些狗？他們根本不配稱爲狗。你仔細看過他們了嗎？這些缺乏組織的雜牌軍，竟敢侵略我們的領土？」

「我差不多是說這個意思。」幸運移開目光，舔起下顎，「看得出來，他們不知道如何打鬥。你的狗幫……不好惹。」他想說殘暴這個詞，但卻吞了下去。

幸運有口難言，他不知道自己爲什麼要假裝不認識他的同伴。難道他以他們爲恥？

「不知道這群栓鍊犬怎會出現在這裡，可以肯定的是他們再也不敢踏進他們不配的地盤，這下他們得到教訓了。」

我曾經擔心過她，幸運回想，**我怕她不夠強悍，擔憂她無法存活，眼前這隻快腿犬，與從前那隻見到斷氣長爪，便嚇得驚惶失措的狗是同一隻嗎**？

甜心看見幸運略感吃驚的表情，朝前探出頭說：「對這群栓鍊犬來說，這是必要的教訓，才不會重蹈覆轍。這對他們與我們來說，都是好事。」

「我想你說的對。」幸運低聲說道，內心卻感到一陣罪惡感。**這都怪我**。

「那是當然。」甜心回答。「所以要投靠強壯的狗幫才對！我很想念你，幸運……我找到我理想中的狗幫，他們強悍、有組織。」她停頓下來，抬起頭，滿臉狐疑地望著幸運，「不過你怎麼會離開城市來到這麼遠的地方？我還以為你不會離開城市。」

「我不能留下來，因為到處充滿危險……你的判斷沒錯。」

甜心以鼻子戲謔似地蹭蹭他說：「大部分的事情都被我說中了。」

他熱情地舔起她的下顎。「我和狗幫一起離開的。」他不打算說是哪群狗幫，「聽到打鬥聲時，我其實又重回獨行犬的身分了。」他低下頭，語帶難過，旋即說道，「大家才剛逃過大咆哮這災難，卻彼此爭鬥！這一切似乎顯得……奇怪，我感到有些納悶。」他隨即陷入沉默，發現自己說得太多。

甜心一臉驚訝地說：「你加入狗幫？我還以為你恨透狗幫了！因為我要找狗幫，你才不跟我一起離開的，不是嗎？」

「事情並非你所想的那樣，甜心。」他一時間不知道該怎麼解釋。

她一時無語，目光落在兩腳之間。當她再度抬起頭怒瞪，目光既傷痛也憤怒。「你說自己是隻『獨行犬』，只想要不受束縛地獨自生活！」

幸運記起自己曾在美食屋對她說的那些話，並為拒絕與她同行而感到懊悔。

「我並未加入狗幫。」他解釋，「不算正式，只是因為一場意外。他們不知道如何應付災後的生活，所以我跟他們一起同行。我並不認識他們，但是他們需要我的幫忙，我只是協助他們，如果當初你沒有選擇離開，我也一樣會幫助你度過難關。」

「我並非有意拋下你。」甜心低聲說，「但是你執意要留在大城，而我需要依靠狗幫，希望你能理解，幸運。」

幸運的內心感到糾結，他比她所想的更加瞭解這點。

「你果然找到屬於你的狗幫。表現得很好，才能在打鬥中指揮大軍。」

「我晉升得很快。」甜心不好意思地坦承，「這是荒野狗幫運作的方式，事情總會有所改變。」

幸運抬起頭，嗅聞大咆哮靜止後揚起的風，空氣中傳來夾雜著生與死的獨特氣味。

「我得繼續前進了，甜心。」

「又來了？你要去哪裡？」

幸運沉默不語，思索著這個問題。他急著找到貝拉與其他狗，查看艾菲的傷勢，但是他不能對甜心說。他最好告訴她那個不堪一擊的狗幫與他不相干，他現在不能回頭找他們。

甜心蹭蹭他說：「何不跟我一起走，幸運？去見見我的狗幫，你會喜歡我們的，你救了我一命，他們會肯定你的功勞。」

「我不知道……」

「幸運，你不能依靠自己過活的。萬一再發生大咆哮，你掉入洞裡，少了同伴幫忙，就像你幫我那樣，該怎麼辦呢？而且許多溪水遭受污染，你可能無法找到乾淨的水源，所以一定要跟我一起走！」

幸運打了一個冷顫，他輕輕甩動身體掩飾，「很抱歉，甜心。我依舊是隻獨行犬。」

「所有的狗都應該在彼此有難時團結一起。」甜心仰起頭說，「你夠強壯、聰明，應該將這些優點貢獻給狗幫，而不是只顧自己！」甜心的口氣聽起來有些氣惱，接著她語氣和緩地說：「你會過得很快樂的，幸運。我保證。」

幸運移開目光，固執的脾氣又回來了。「我現在靠自己過得很好。」

甜心垂下頭說：「我無法說服你改變想法，是吧？希望你一切都好，保重。」

「我會的。」幸運轉身離開，懊悔感令他忍不住回頭。

甜心已經穿過裂開的地面，優雅地躍過傾倒的樹木。幸運的腦中閃過一個畫面——甜心在美食屋的冷藏室裡來回衝撞，只因爲屋內死了一個長爪，還有外投頹圮一片的街道。她離去的步履速度一致，但是她似乎跟從前不一樣了，她昂首闊步，毛髮散發著光澤，肌肉結實強壯。

幸運有股強烈的渴望想喚回甜心，說不定她會改變心意跟他一起走，她將會對貝拉狗幫的有著很大的幫助……萬一他再也見不到她了呢？他將要失去她了……

但一切已經太遲了。甜心已經消失在視線之外，幸運再也喚不回她。這裡不值得留戀，他必須繼續找尋栓鍊犬的下落。

他繼續往前走，內心卻不禁感到恐懼。**他們不會有事的**，他告訴自己。他們逃過前一次的大咆哮，這次肯定也能躲過一劫……

第三章

深入飽受摧殘的山谷，追蹤貝拉與其他狗的足跡並不困難，只要跟著艾菲與瑪莎留下的大片血跡就行了，但這血腥味令他背脊發涼。不祥的焦慮使他迅速躍過地面的裂縫，穿過倒地的濃密枝椏。

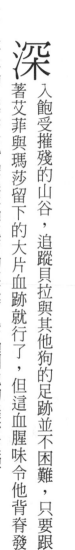

幸運心想：**至少，山谷會迅速恢復昔日的樣貌。樹苗很快就會成長，然後取代原有的樹木，地面的裂縫與連根拔起的矮樹叢將會被新生的苔蘚、綠草與植物覆蓋，遮掩傷痕。**

不像頹圮的城市，永遠無法自行恢復以往的模樣。

幸運跳上粗壯的松木樹幹，原本落在遠方的河水如今已經近在咫尺。如同城市邊緣的河水，銀色的表面沾染了相同的五彩顏色。他離開貝拉的狗幫不過短短的時間，汙染已經擴散到這裡來了。幸運內心一沉，山谷或許並不如他所想的那樣能夠快速復原……

靠近河岸的土丘迅速崩落到河裡，河岸裸露的樹根遭湍急的河流拍打著。當他跳下土丘時，發現樹根下方有個沙土遍布的空心水管。七隻栓鍊犬就在那，簇擁在一起，全都害怕得頸背僵直。

「你不會有事的。」黛西舔著瑪莎受了傷的腿說，「但是你不該四處走動。」

身軀結實的布魯諾站在艾菲身旁。艾菲一動也不動地倒臥在地，奄奄一息。陽光望著眼前這隻小狗，渾身顫抖。

「他需要看獸醫！時間緊迫！」陽光哭喊著，「我眞希望我的主人在這裡。」

「我們都希望如此。」麥基舔舔她，想要安慰她，自己卻直發著抖。

這時黛西抬起頭，望見了幸運。她張大眼睛，驚嚇得發出吠叫。其他狗兒全都跳了起來，匆忙之間彼此踩踏。**他們大概以為我是荒野狗幫的成員了**，幸運猜想。於是他輕聲吠叫安撫他們，並從陰影處走出來，好讓他們瞧清楚。

「是我。」他吠道。

蒼白的臉龐、弓起的背脊，都顯露出他們的驚嚇。不過貝拉豎起耳朵，衝到幸運面前，將臉龐緊貼著他。

「你回來了！」

「幸運！」大家紛紛上前打招呼，低聲吠叫，並舔舔他。除了布魯諾，他依舊站在艾菲身旁守護他，幸運聽見他發著牢騷說：「現在接受英雄式的歡迎太遲了，幸運。」

陽光與黛西雀躍地碰觸幸運的鼻子，不過活力消減了許多。狹窄的空水管裡籠罩著悲傷的氣氛，就連腐敗的河水也被血腥味掩蓋。幸運略顯遲疑地步向癱軟在地的艾菲，他半閉著眼，虛弱地喘著氣，身體輕微起伏。

「噢，幸運。」麥基發出哀鳴，「我們還有什麼辦法可想？」

大家一陣沉默，幸運湊上前嗅聞察看他的傷勢。傷口皮開肉綻，幸運可以清楚看到血肉，就像在獵物身上看到的傷口一樣。這一幕不免令他感到胃一陣胃痙攣。

艾菲的喉嚨傳來一聲虛弱無力的吠叫，卻無法抬起頭與幸運打聲招呼。他身體下方的沙地沾染了大片濃稠的暗紅色鮮血，傷口已不再大量湧出鮮血，只緩緩流出一道細小的血漬。

幸運迅速地闔上眼，不得不宣布這令大家難以接受的事實。

「他不再流出大量的鮮血了。」陽光抱持著微小的希望，撕扯著幸運的心。

幸運舔舔她，「陽光，我們已經無能爲力了。」

「但是……」黛西一時語塞。

幸運望著黛西，內心非常沉重地說：「血流變少的原因，是因爲地犬把他接收走了，你看見艾菲的眼睛了嗎？」

瑪莎遲疑地步上前查看，接著說：「他的眼神混濁，彷彿失明一樣。」

「艾菲的靈魂已經離開他的身體，與大地結合。」幸運望向艾菲，他的呼吸微弱，身體幾乎不見任何起伏。

栓鍊犬們再度陷入沉默。瑪莎倒臥下來，將鼻子湊近艾菲說：「噢，可憐的小傢伙。」

「不公平！」陽光呼喊道，抬起雙眼，目光帶著懇求，望著幸運。接著發出一聲淒厲、哀悼似的嗥叫，「爲何會發生這樣的事？」

幸運想要移開目光，但他知道自己不能這麼做，他的朋友正陷入極度的悲傷當中，他必須堅強。

貝拉抬起頭發出哀鳴，麥基與黛西接連加入，就連一向堅強的布魯諾也跟著加入哀悼的行列。

幸運低下頭，輕輕舔舐著艾菲的臉龐。

「他不過是隻小狗。」瑪莎輕聲說。

幸運依序舔舔他的同伴們，強烈地想要帶給他們一些安慰。

「我們只是再也見不到艾菲而已，但他的精神會與我們同在，存在我們的周圍，充滿在空氣、水和土壤各個地方中。」

陽光突然往後退了一步，幸運吃驚地眨眨眼。

「那有什麼用？」她大聲呼喊，「我要艾菲活過來！活潑亂跳地跟我們一起！」

幸運不知道該怎麼回答，儘管他用盡安慰的話語，說明靈魂不滅的道理，但他還是能夠體會陽光的感受。記憶再度打擊著他，令他感到痛苦不堪——艾菲因爲看到幸運的出現，而一時興奮，爲了給他驚喜，於是大膽地朝狼犬猛衝，賠上一條命。

噢，艾菲，幸運心裡難過不已，**要是你沒有看到我，也不會出事。**

幸運轉身望向艾菲，彎身輕柔地舔著他的鼻子，此時他已經沒了氣息。貝拉走向艾菲身邊，蹭蹭他的耳朵，其他狗則聚攏在他的身邊。

「我會想念你的，艾菲。」黛西悲傷地說。

「我們都會。」麥基輕推他的尾巴，「一路好走，夥伴。」

「願你的靈魂與大自然同在。」陽光補充道，她幾乎泣不成聲。

幸運微微朝後一退，望著眾狗向同伴道別。他真希望自己能夠看到艾菲的靈魂飄離身軀，流進樹林、空氣和雲端裡，這樣便能帶給他安慰。大家如果能夠看到小艾菲的最後旅程，也就更能接受他離開世間的事實。

光禿地面徒留一具失去生命跡象的嬌小軀體，以及殘留的一絲死亡氣息。艾菲的軀體只剩下空殼，沒有了氣息、靈魂與生命。幸運趴躺在地，跟著狗幫的成員一起哀號。

陽光說的對，這一切眞是太不公平了。

但是他同時也瞭解到甜心說的沒錯，他對於荒野狗幫的生活與傳統一無所知。他確信其中肯定有某種儀式是他所不知道的，也不懂得該如何運作。都市裡的狗死亡會被長爪帶走。或許他該向甜心請教荒野狗幫生活的各項須知，他該向她討教的事可多了。

幸運略顯猶豫地起身，「我認為最自然而且最佳的方式，就是將艾菲留在原地。等地犬準備好了，自然會將他吸納進大地。」

「把他留在原地？」陽光嚇得大喊，「我不想要離開他！」

「當然不會。」黛西渾身發抖，「如果我們將他留在原地，肯定會成為烏鴉跟狐狸的食物，我們不能如此對待艾菲。」

「黛西說的對。」麥基附和，「栓鍊犬死亡後，他們的主人會將狗兒埋進土裡，而且會在地上立塊石頭，擺放花朵，這才是最好的處理方式。」

「那是長爪的方式。」幸運只能默默地將牢騷往肚裡吞。他現在只想要喚醒他的同伴們，對於死亡的處理態度，他們顯然依舊保有栓鍊犬的思維。

「黛西、陽光和麥基說的對。」貝拉直挺挺地站在一塊石頭旁，目光堅定地望著大家，模樣就像一個眞正的領袖，「我們應該像他的主人那樣，將他埋葬。」

幸運望著眼前這一幕大為感動，栓鍊犬們似乎對悲傷釋懷了些。他們彼此點頭致意，抖抖毛髮，筆直地站著。

幸運心想，**的確，對這群狗兒來說，重點不在於什麼才叫正常，而是要合乎情理。艾菲並不因為自己依靠長爪而感到羞恥，大家是為了艾菲才這麼做的。按照艾菲的方式，完成他的心願。**

此外，幸運發現自己開始對狗界的衆神們感到惱火。河水之犬！森林之犬！天犬！祢們難道都幫不了他嗎？保護勇敢的同伴免於慘遭狼犬的襲擊？

他的身軀如此嬌小……

河岸附近有一塊濕軟的泥地，幸運加入貝拉、麥基與瑪莎的行列幫忙挖洞，沒有花費太多時間就挖到合適的大小。

瑪莎說的對，幸運心想。他內心難掩悲痛。艾菲不過是隻小狗，但他擁有超越幼犬的大無畏勇氣。

這地方對他來說再適合不過。如果他的靈魂可以在群樹、涼爽的大地、沉靜的河谷深處休息，艾菲將會過得很快樂，幸運心想，河水總有一天也會變得清澈。

「真希望他可以跟心愛的球一起埋葬。」黛西輕聲說，「意外發生之前，他總是隨身帶著。」

「長爪的房子倒塌時，他還差點因此喪命。」貝拉熱淚盈眶，「當時我們救了他一命。噢，天犬，現在又爲什麼要奪走他的性命？」

「我們找不到他的球。」布魯諾咕噥道，「幸運要我們把主人的東西全扔了。」儘管他的口吻像在發怒，但是幸運知道他不是眞的在生他的氣。這隻身材結實的狗不過是想要掩飾內心的悲傷。

幸運感到一絲罪惡感，卻無意撇開它。他當初的用意並沒有錯，只是如今顯得不合情理。

「地犬會好好照顧他的。」幸運的聲音極不自然。聽在自己的耳裡，就像是個難以實現的承諾。

瑪莎用嘴叼起艾菲，緩慢而謹愼地前進，艾菲現在再也感覺不到一絲痛楚。儘管瑪莎的腿受了傷，艾菲卻沒有造成她太大的負擔。當她將艾菲虛軟的身體小心地置於洞裡時，大家合力幫忙將土壤撥往艾菲的身上，直到最後被泥土完全掩埋。所有的狗兒靜止不動，凝望著艾菲最後的棲息之地，夕陽餘暉逐漸消隱。

「不能把他留在這裡。」黛西低聲說。

「我明白你的意思。」幸運說，這回答連自己都大感驚訝。

「那麼我們何不留在這裡？」貝拉提議，「直到太陽之犬升起。」

「要是那群凶猛的狗又折返了呢？」陽光指著埋葬艾菲的土堆說。

幸運搖搖頭說：「他們因爲大咆哮逃命去了，我想我們留在這裡沒問題。」

「這主意不錯。」麥基輕輕說道，「我們可以在夜裡守護他的身軀，藉此向他道別。」

幸運點點頭，說不出話來。

「我們這麼做沒有錯，不是嗎？」陽光抬起頭望向麥基。

麥基心疼地舔舔她的脖子，接著才以爪子在地面抓了三下，再以鼻子輕觸地面。「地犬，請守護我們的同伴。」他低聲說著，然後抬起頭望向天空，開始嗥叫。

那叫聲悲傷且直達內心深處，令幸運不由得打了個冷顫。接著，其他狗兒也加入，抬高了頭，跟著發出嗥叫。

「好好照顧艾菲，地犬！」

「替我們守護他。」

「願他的靈魂安祥！」

幸運帶著敬意，默默凝望。他從未見過這樣的場面，並不太瞭解其中的涵義。或許這件事從未發生過，也或許這是狗兒們順應自然做出轉變的另一種方式。

天空迅速變得昏暗，艾菲孤伶伶的小墳塚也沒入了黑暗之中，但是哀悼的嗥叫聲依舊沒有停止。這是幸運見過最奇特的儀式，但是他得承認這一切令他好過些。他相信貝拉與其他成員們肯定也有相同的心情，不論他們感到多麼悲傷，藉由儀式將艾菲正式交由地犬保護，令他們感到安慰。

幸運進行例行的睡前儀式，整張臉趴躺在掌心，闔上眼，嗥叫聲逐漸停止……

他在半夢半醒間驚醒，寒毛豎起。

睡眼惺忪之間，他彷彿聽見刺耳的嗥叫聲，而非悲傷的吠叫。記憶將他帶回過去，那嗥叫聲似乎曾經聽過……但他只見同伴們還在替艾菲哀悼著。

幸運再次閉上眼，沉沉進入夢鄉。

第四章

幸運感覺到太陽光照射在背部，歷經夜晚的寒冷，暖和的日光帶給他安慰。

貝拉走在他的身旁，他們倆沿著溪水往上游前去。映入眼簾的溪水震懾著他們，水面在晨光的映照之下，呈現美麗的色澤令人感覺到不安。

「我們應該四處巡視一番。」幸運起身說道。

在幸運伸展頸背不久後，貝拉對他說：「去看看昨天晚上荒野狗幫是否還在附近出沒。」

幸運察覺到並非因爲妹妹變得格外謹慎小心，而是因爲她必須暫時離開衆狗。

他的妹妹顯然有心事。

「告訴我打鬥的事發經過。」他最後開口問，「我大老遠就聽到打鬥聲。」

貝拉嘆口氣說：「整件事慘不忍睹，卻無法避免。」

「你們究竟是怎麼惹惱那群狗？事情是怎麼發生的？」

「瑪莎率先發現河水出現異狀。」貝拉停頓下來，對那條遭汙染的溪水皺起鼻子，「她下水游泳時，立刻察覺這裡的水也遭到污染，災情持續擴大。她跑回來警告我們，感到十分沮喪，你可以感受到她對河水之犬寄予的同情。」

幸運跟著附和道：「我一看到河水就覺得不對勁，這是不祥的預兆，貝拉。」

「是啊。」貝拉再次嘆口氣，「我們立刻覺得這個地方不能待了，但接著我們認爲這裡既然是個大峽谷，資源如此富足，附近肯定能找到乾淨的水源，於是我們動身前往尋找。」

「找到了嗎？」

「距離這裡不遠處有水源，我從未見過如此豐沛的水，其他同伴也應該沒見過。這十分不尋常，幸運，就像是狗公園的池塘，只不過很大，河水平靜無波。」

「那是一個湖。」幸運回答，「結果呢？」

「我們很擔心那裡的水不知道能不能喝，因爲我們從未見過那樣的地方，但是我們眞的是渴極了。瑪莎率先下水，接著是布魯諾，最後我們全都濺起水花，喝個過癮。我還以爲飲水的問題解決了。」

「但是你們踏進了別人的地盤……」

「沒錯。」貝拉低下頭與耳朵，「直到我們遇見看守者，才發現事態嚴重。雖然只有一隻狗，但雙方卻陷入僵局，我想他大概跟我們一樣驚訝。他是隻長腿狗，跑起來速度很快。我們聽見他發出吠叫作爲警告，接著他帶著一支荒野狗幫前來。」

「他們就這樣對你們發出攻擊？」

「並非立刻就發生衝突。」貝拉停頓下來，倒臥在地，難過地舔舐著腳掌，「我試著跟他們講理，想問問他們能否飲用這裡的水，或是分一點給我們。這地方水源豐沛，多過任何一隻狗所需要的！」

幸運悲傷地搖搖頭說：「這樣是行不通的。」

貝拉發起牢騷道：「但我毫無退縮的餘地，幸運。我知道狗幫們如果退回原地飲用那裡的水肯定會喪命。於是我又再嘗試一遍，我盡力了，眞的。」

「我知道，貝拉。」幸運對於那些排斥幫助外來者的狗、對於他們那毫無同情心可言的行爲不免感到一絲慍怒。

貝拉的尾巴沉重而緩慢地拍打地面，「我越想爭辯、說服他們，對方就越生氣。彷彿我越想解釋，他們越覺得被冒犯。最後，他們的領袖下令攻擊，對方便衝向我們。起初，我們拚了命地跑，但來到遭受污染的河邊後，再也無法前進……」

「我就是在這時候抵達的。」幸運舔舔她的鼻子，「我老遠便見到這場爭鬥，甚至更早就聽到你的聲音。我想要上前幫忙，但我知道自己得小心行事，莽撞衝上前只會讓事情更糟。但是艾菲他……」幸運回想起那一幕，聲音不自覺哽咽。

如果當初我沒有離開，而是跟他們一起對抗敵人，是否就能阻止這一切發生？艾菲也就能夠活命？

幸運忍不住認爲如果換成是他來處理，說不定與憤怒群狗對峙的會是他。假使對方表明拒絕，他也絕對不會嘗試與那隻狼犬爭辯。貝拉應該謙卑的選擇退讓，想想別的辦法。公然挑戰荒野狗幫的艾爾帕簡直是在自找麻煩。

也許幸運回頭尋找同伴是不智之舉。他知道其他狗兒並不這麼認爲，但是……大咆哮停止了雙方的爭鬥，根本輪不到他出手幫忙。要是艾菲沒見到幸運，也不會爲了逞強而對狼犬發動攻擊，他的內心依舊帶著罪惡感。

「走吧。」幸運最後開口，「我們最好回大家身邊。」

貝拉緩緩起身，尾巴與耳朵依舊下垂，兄妹倆一起沿著來時路回到暫時的棲息地。日光逐漸消隱，幸運眞希望自己沒問起這場爭鬥。

等到他們見到其他的成員，幸運立刻明白自己對這群狗的重要性。他們多麼需要有流浪經驗的朋友所提供的協助。麥基飢腸轆轆地舔著水窪裡沉積已久的雨水，水窪泥濘不堪。

幸運用鼻子將這隻老狗推開，「你不該喝這裡的水。」

麥基垂下耳朵，感到羞愧。「這地方找不到乾淨的水源，幸運。」他說，「總比飲用有毒的溪水來得好吧？」

幸運若有所思地歪著頭，他不得不承認，麥基說的有理。

「雨水最好不要喝。」他舔舔下顎，不是很確定，「因爲地犬會迅速吸乾大地的雨水，剩下都是汙穢的髒水。」

「但是瑪莎受傷了。」麥基說，他望著深諳水性的大狗，此刻她正倒臥在地，用舌頭舔舐腳傷。「她沒法走遠。」

「我想到了！」黛西立刻興奮地跳起來，搖著尾巴，「還記得我們曾對天犬獻祭過嗎？我們也可以對河水之犬如法炮製！送祂一個禮物，或許祂可以幫我們清乾淨河水！」

小黑狗抬高了頭，吐出舌頭，看樣子她對自己的提議感到興奮不已。幸運不忍潑她冷水。他從不覺得衆神之犬會迅速介入此事，參與其中，但是在這個緊要關頭，事情不是他說了算。河水之犬也許會滿意獻祭的結果。如果說狗幫裡誰最需要幫助，非瑪莎莫屬。她不但深諳水性，而且還有大腳蹼。

「呃，」幸運緩緩地說，「值得一試，但我們要獻祭什麼給河水之犬？」

「食物啊！」陽光興奮地大喊，「我們抓隻兔子或是松鼠！」

幸運望著她，一臉狐疑地問道：「食物？你們有多餘的食物嗎？」

陽光垂下耳朵說：「這個嘛……」

「不，我們沒有。」貝拉難堪地咕噥道。

「或許我們可以嘗試獵食？」陽光提議，但是就連幸運也看得出來她並不認爲這是個好主意。黛西舔舔陽光的長毛以表示支持。

「我想河水之犬會接受任何能讓我們填飽肚子的食物。再想想別的東西吧。」陽光體貼地說道，低下頭，感到有些困窘。

幸運替陽光感到有些遺憾。如果她對分送食物這件事，看得如此輕鬆的話，那麼她對於野外求生這件事的理解，就還差得遠了。

麥基躺臥在地，把頭枕在那個離開城市之後就不離身的棒球手套，他嗅聞手套不久後，抬起頭來。「我有個想法。你們想想，狗兒看待吃這件事跟什麼一樣重視？」他凝望大家，「是玩耍！我的小主人總是戴著這個手套跟我玩接球的遊戲。」

「這兩者有何關聯？」貝拉問。

「所有的狗都愛玩接球的遊戲，不是嗎？我們何不替河水之犬找根樹枝！」

貝拉抬起頭，思索一會兒後說：「或許行得通。」

幸運並不十分確定，但是麥基倒是對於自己的提議感到很滿意，「走吧，大家。我敢說我們肯定能夠找到眞正特別的祭品，但是獻給河水之犬前，先找瑪莎過目，確保河水之犬喜歡。」

貝拉發出吠叫，大表贊同。

對幸運來說，這個提議聽起來蠻符合栓鍊犬的邏輯——**但河水之犬怎麼會想要玩什麼遊戲，讓這群聽命於主人的狗提供娛樂給祂**？如果這麼做能讓大家好過一點，或許値得一試。也許這個獻祭品的背後用意，眞的能擄獲河水之犬的心，至少祂會對狗幫的用心感到高興。

麥基已經迫不及待地前往樹林，朝斷落的樹枝一陣嗅聞。其他成員也紛紛前往加入他的行列，在糾纏的落葉間嗅聞一番。大家對於事情能有個正面的解決方式，顯然鬆了一口氣。這股興奮感像是有傳染力一般，幸運發現自己的內心也跟著燃起希望，一起尋找作爲拋接遊戲的上好樹枝。對於事情來說，積極尋求解決的態度，相較於逃避，明顯要好得多。

「這根樹枝如何？」布魯諾嘴裡咬著白樺樹枝問。

眾狗停止搜尋，檢視起布魯諾的成果。這根樹枝形狀漂亮，外表平滑、堅硬，中央正好有個彎折處，可供嘴巴銜著。當大家把樹枝呈給瑪莎查看時，只見她偏斜著頭，嗅聞起看似薄如紙張的銀色樹皮。

「很漂亮。」她最後開口說，「我想河水之犬會喜歡這個祭品。」

大家一陣歡呼，急忙來到岸邊。瑪莎跛著腳，緩步走在前方，嘴裡叼著這根別緻的樹枝。布魯諾伴隨在一旁，驕傲地昂首前進。

大家齊聚在土質鬆軟的岸邊，瑪莎身體重心朝前，然後輕輕放開祭品。狗幫成員協助她將祭品送進溪流中，不讓傷口碰觸到水。雖然中途樹枝纏住水草，但最後只消一推，樹枝便掙脫糾纏，潛入溪水深處，隨著緩慢的水流旋轉。

「河水之犬！」瑪莎低聲說，「請幫助我們，我們需要飲用乾淨的河水。」

狗幫其他成員跟著發出吠叫作爲附和，望著樹枝在石頭間平順地流動，最後沒入水中的急流處。

看到樹枝在溪流裡載浮載沉，陽光興奮地發出吠叫：「河水之犬玩起樹枝來了！看見沒？祂玩性大發！」

眾狗欣喜若狂，凝望著樹枝順流而下，來到平靜的水面，在凝結成薄膜般的綠色表面繞出一道彩色的漩渦，接著轉了一圈，便消失無蹤。

瑪莎垂下耳朵。「可憐的河水之犬。」她輕聲說，「祂肯定也不願意見到河水遭受如此污染，說不定祂也因此生病了。」

「希望祂會喜歡我們的獻祭品。」貝拉蹭蹭瑪莎的脖子，「我們已經盡力了，很快便能知道事情有何變化。」

幸運與妹妹一同轉身走回棲息地時，看到她的眼神中透露出憂愁。

她跟我一樣並不確定這是不是行得通，他心想。

但是至少貝拉是維繫著狗幫的精神領袖。幸運望著大家進行例行的睡前儀式，向天犬祈禱，心中感到十分欣慰。他把頭枕在妹妹溫暖的身體上準備入睡時，心中懷抱著一絲樂觀。

至少，他們嘗試以各種方式與大自然連結。想要在這個空無一物與頹圮的世界中存活，他們必須學會的道理，與幸運理解的城市生活的道理是同一套。

他深深明白這點需要時間的磨練。當夜晚降臨時，幸運的內心充滿了希望。

他們有能力學會一切生存之道，他心想。

一聲巨響驚醒睡夢中的幸運。他甩甩頭，身體緊繃，寒毛豎起。冰冷的雨水打在他的身上，濕透的雙耳緊貼著兩側。抬起頭，他看見閃電的後腿穿過漆黑的夜空，迸出一道光芒。天犬再度發出咆哮。

幸運身旁的貝拉也突然驚醒，渾身顫抖。其他狗兒也跟著醒來，焦慮地發出低吠，雨水劈哩啪啦地打在他們的身上，宛如一顆顆石頭從天而降。雨水令幸運蜷縮成一團，沒過多久，毛髮便緊貼全身。閃電再次一躍，這回天犬直接朝他們發出震耳欲聾的咆哮。

陽光跳了起來，不斷吠叫，其他成員也跟著照做。幸運站在這群驚惶失措的狗兒中間，望著眼前不斷繞圈、混亂失控的群狗，自己也感到一陣暈眩。

「怎麼回事？停下來！慢點！」

「出現暴雨了！幸運！」黛西大喊，「我們得找個地方躲雨！」

幸運拚了命地想要安撫群狗的情緒，但他們卻顧不得一切。就連向來堅強的布魯諾，也在樹叢間來回躲藏，忍不住發出嗚咽。

「不過是場暴雨！」滂沱雨勢的威力不容小覷，但是幸運知道自己得安撫大家的情緒。他嘗試鼓舞眾狗，「你們現在已經是野生狗了，不必害怕閃電與天犬之間的爭執。」

「黛西說的對。」瑪莎大喊，身體貼緊地面，閃電在大家頭頂擊發。「我們無處可躲！該往哪裡去？」

幸運明白大家驚惶失措的原因，他們的主人們一直以來總是保護他們免於遭受任何暴雨的襲擊，每當閃電橫跨天空，天犬發出喧鬧的打鬥聲，他們都是待在舒適的狗籃或是狗屋裡。他曾帶領過他們躲過暴雨，但卻從未經歷過如此滂沱大雨。栓鍊犬從未切身面對過一場眞正的風暴。

「仔細聆聽天犬，祂們正在大發雷霆！」麥基發出抽咽。

「那只是祂們在對閃電發出咆哮！」幸運大喊，但他的聲音卻被天犬的另一個怒吼所淹沒。

瑪莎瑟縮在一旁，將巨大的腳掌捂住耳朵，「祂們要派遣閃電焚毀大地。祂們肯定是在生我們的氣！」

陽光來回奔跑，像一團白影似的，嚇得大聲嗥叫。最後筋疲力竭，躲在瑪莎的腳下直打哆嗦。

「事情簡直沒完沒了。」她哭喊道，「先是大咆哮，接著出現一群兇神惡煞，現在又輪到天犬與閃電要來解決我們！我們的運氣眞背！倒楣事一件又一件！」

「陽光，冷靜點！」幸運想要舔舔小狗的黑色鼻子，她卻把頭埋進瑪莎的身體裡。但瑪莎發出的嗚咽聲與發抖的身體根本無法安撫她。

幸運擔心事情難以收拾。栓鍊犬完全失控，恐懼深深籠罩著他們不肯離去。麥基不斷朝後退，恐懼地凝視著天空。瑪莎則是分不清方向，開始緩緩朝河邊移動，受傷的腿使得每步都走得沉重。她似乎遺忘了陽光的存在，小狗則是在發現夥伴移動後，瘋狂發出吠叫。此外，幸運看到布魯諾發現裂開的地面後，急忙笨拙地跳開。

他們正忙著逃命！

幸運不禁感到害怕，狗幫正在分崩離析。他轉了一圈，不知道應該先去追逐哪隻狗。

他們將失去方向，四散逃逸……然後慘遭閃電擊中……

而且荒野狗幫對他們的威脅仍未解除！

第五章

幸運渾身濕透，頸背高聳，揚起頭，等候天犬的咆哮聲停止。時機一到，他發出震耳欲聾的吠叫聲，下達指令。

「跟我一起走，」他說，「現在！」

栓鍊犬們停止不動，面面相覷，然後全身發抖地走向幸運。他發出幾聲吠叫鼓舞眾狗，帶領大家朝濃密的樹叢移動。或許得冒著樹枝斷裂的危險，但是放任栓鍊犬驚惶失措地向空曠處跑去，只會更加危險，有可能會被零星的閃電擊斃。躊躇猶豫的陽光聽到幸運的高聲呼喊，她才跳著跟上幸運的腳步。栓鍊犬們低著頭，夾緊尾巴，跟在幸運身後，爬進漆黑的矮樹叢。

這一帶樹叢濃密，大概幾隻狗身長距離的空地，樹林才逐漸稀疏。這裡長著一棵高大的松樹，遠高過其他樹木。幸運安撫大家，將大家聚攏在枝葉濃密的樹木下，距離空地只有一大步的距離。他不知道爲什麼要這樣做，只是覺得他們應該要待在這裡躲避天犬。

濃密的樹葉掩蓋滂沱大雨的聲響，就連雨水落下的力道也減輕不少。幸運聽見同伴的呼吸聲緩和許多，嗚咽聲逐漸止息，並逐漸打起精神來，才總算鬆一口氣。麥基搖頭晃腦，低聲咆哮，像是突然間明白自己傻得可以。大家神經緊繃，透過枝椏望向天空，等候下一次的雷擊。

接著，天空一陣明亮，閃電襲擊大地，電光石火。當閃電的後腿踩過那棵高聳的松樹時，幸運瞠目結舌。松樹隨即開始燃燒，火球的光芒幾乎遮去所有狗兒的視眼。

瞬間，火光與高溫嚇得大家目瞪口呆。熊熊燃燒的樹木將黑夜驅趕離開。幸運雖然稍稍鬆了一口氣，卻不免感到恐懼。**我想起來了**！老獵人見識過無數的暴雨，他曾說過，得遠離單獨生長的樹木，才不會遭受雷擊。

「野火！」麥基夾緊尾巴大叫著。

「不！」剛剛才平靜下來的陽光再度崩潰，她發出怒吼，跑出樹木的安全屏障。

「陽光！」貝拉呼喚著她，「快回來！」

小狗已經跑出一段距離，衝向河邊。「河水之犬！請庇佑我們！」她大聲祈禱。

「不！」貝拉追在陽光身後。

幸運親眼見到這一幕，妹妹肯定也看到了。

陽光面前的河水顯得十分不尋常，他們從未見識過溪水暴漲、上升。緊跟在貝拉身後的幸運渾身發冷，大喊著要陽光停下來。

陽光無視於他們倆的警告，繼續朝那條暴漲的溪水前進。當閃電劃過天空，幸運立刻察覺到危險近在咫尺。這怎麼可能！河水竟然高過河岸，泛著白色泡沫的骯髒溪水正朝他們湧來。

幸運彷彿遭受雷擊一般，受到了莫大的衝擊。他發現河水開始氾濫了！

就在此時，貝拉來到陽光上方，將她壓制住。接著幸運朝前一躍，幫妹妹制止小狗。他抓住陽光其中一隻前腿，貝拉則咬住她脖子上的項圈。接著，他們迅速轉圈，離開洶湧河水，遭到拖行的陽光則是驚嚇得大叫。

幸運突然聽見河水發出劇烈的聲響，或許跟獻祭品有關，河水之犬勃然大怒！

他們急忙朝樹林裡衝，其他狗兒見狀，睜大了眼，驚嚇不已。幸運與貝拉隨意將陽光放在地面，接著幸運一個轉身。

河水依舊朝他們撲過來，清澈的河水瞬間翻攪成黑色的髒水。河水之犬發出怒吼。大水眼見就要漫過他們，波浪的頂端激起令人作嘔的乳白色泡沫。

「快跑！」幸運大喊。

眾狗聽見幸運發出的警告，嚇得連聲吠叫，朝山谷深處飛奔而去。身後的惡水來勢洶洶地漫過前一刻他們站立的地方。幸運聽見樹枝遭大水衝擊而折斷的聲音。

「到高處去！」幸運急忙大喊，「盡可能往上爬！」

水應該不至於淹上山，他心想。

大家登上山後，幸運才讓他們停下來，大家都氣喘吁吁的。他們上氣不接下氣，望著山下洶湧的汙水漫過低矮的草地。許多樹木都被水淹沒到一半的高度，細碎的波浪舔舐著樹幹。

幸運望向天空，只見雲朵散去，月亮之犬透過零星的雲層發出光芒，大雨也已經變成絲絲細雨。天空之戰暫告結束，天犬發出的隆隆聲響消隱於遠方。被閃電踩過的松樹冒著難聞的濃煙，頂端的樹枝已經焦黑，其中一半的樹幹突出於漫出的河水。樹頂的枝椏零星冒出火苗，不過野火已遭河水澆熄。

「結束了。」瑪莎鬆了一口氣，「天犬停止了爭戰。」

陽光顫抖著身體，「抱歉，幸運、貝拉。我一時慌了手腳，不知如何是好……」

「別擔心。」幸運安慰她，心想吠叫聲可能過於刺激，於是輕舔她的耳朵安撫她，「記得別再驚慌失措，相信你的夥伴，現在他們是你的依靠。」

幸運並不擔心位於半山腰的位置毫無遮蔽可言，一想到如果沒有往高處爬，而是待在山腳下，後果將不堪設想。他朝山坡深處前進，穿過低矮樹叢與交纏的樹枝，讓大家跟在他身後。幸運返回尋找夥伴們之後，他們已經受到太多的驚嚇，任何催促的舉動都可能造成他們在深夜裡衝動行事。他們現在經不起這樣的刺激。

大家緊緊跟著幸運。幸運在山脊處停下來，豎起耳朵。地面裂開一個大洞，狗兒很難安全無虞地越過這裡，裂口逐漸朝低處延伸形成淺坡，類似長爪飲水用的碗狀器具。這裡像個避難處，表面似乎完全沒受到大咆哮的影響。

「我們在這裡過夜吧。」幸運提議。

「這地方安全嗎？」黛西渾身發抖，尚未完全恢復體力。

幸運舔舔她的耳朵說：「這裡應該很安全，暫時找不到更好的地方了。」

「幸運說的對。」貝拉附和道，「別擔心，黛西，我們會照顧你。」

幸運深感安慰地望著妹妹，他感覺到自從艾菲喪命之後，貝拉比從前更加保護弱小。「天就要亮了，我們盡可能多睡一會兒吧。」

幸運疲倦得無法進行例行的睡前儀式，當他蜷縮身體準備入睡時，尾巴卻仍不安的甩動。其他同伴已經累得倒頭大睡，但他仍清醒著。

他設法變換姿勢，讓自己舒服點，可是他渾身濕透，可以清楚感受到身體下方的任何一顆石頭或樹枝。於是他起身，用力甩動身體，但卻沒有多大的幫助。濕氣緊貼著他冰涼的身體，耳朵與尾巴愈發沉重。

他再次蜷縮身體，將頭枕在腳上，緊緊闔上眼。

祈求月亮之犬，他心想，**讓我安然入睡……**

第六章

幸運最後終於進入夢鄉，再度睜開眼時，太陽之犬已經高掛天空。他心懷感激的起身，伸展四肢，用力甩動身體。身上的毛髮終於乾了，他感到溫暖且非常舒適。

狗幫其他成員來到山腳，欣喜若狂地衝往新的河岸，嗅聞河水。幸運凝望著眼前這一幕，氾濫的河水形成了一個湖泊，經過昨天晚上的暴漲，水流已經和緩了些，如今在太陽的映照之下閃爍著銀色的光芒，河水靜靜流過岸邊的綠草，水面輕拍著淹過的樹幹。

黛西看見幸運後，高興地喚著：「早安！」

「快來瞧瞧，幸運。你一定不相信我們找到什麼！」黛西登上山，輕舔幸運的臉龐。

「怎麼回事，黛西？」他聽見自己的聲音也跟著充滿喜悅，很高興見到小白狗再度展開笑容。她領著幸運下山，搖著尾巴，幸運還以爲黛西會直接跳下水。但她來到岸邊後停下腳步，原有的河岸已經受到侵蝕，黛西轉身望著幸運，開心地喘著氣。

幸運望著她的身後，滿臉疑惑地問：「怎麼回事？」

布魯諾走上前說：「不，幸運，是那裡呢，河岸的下方。河水沖刷掉鬆動的土石，瞧瞧露出什麼來！」

幸運仍舊搞不清楚狀況，於是走到濕軟的沙地，仔細觀察。布魯諾說的沒錯。高漲的河水沖刷掉土石、樹根與泥土，露出一個很深的洞穴。

「眞是不可思議。」幸運走近一看，朝幾個大洞一陣嗅聞。這些洞活像是有隻巨犬朝高聳的河岸挖鑿出來的一般。幸運緊皺眉頭，心想這隻狗肯定是一板一眼，因爲這幾個洞看起來幾乎是一樣大小。每個洞都跟一個成年長爪一樣高，內部的牆面則是光滑的石頭，乾燥且乾淨……就像是刻意挖掘的。

記憶浮現腦海，幸運的身體一陣抽痛。他回想起過去那段在收容所裡的日子，渾身感到不自在。牢籠狹長冰冷，這些洞穴則小得多，而且沒有牢籠在其中。

這些洞穴並非絕佳的避難處……

「這肯定是河水之犬的傑作。」瑪莎說，「昨天晚上並不是祂大發雷霆，而是祂的回應。祂鑿開這些洞供我們躲藏。你的想法奏效了，麥基！」

「謝謝你，瑪莎。」他感到有些難爲情。

「我們向河水之犬祈求乾淨的河水，祂也作了回應！」陽光說。

幸運驚訝地抬起頭，看見布魯諾走到河邊。他把頭浸到水裡，開心地啜飲。接著，他抬起頭，嘴裡還滴著水，一臉驕傲地望著幸運。

「你確定沒問題嗎？」幸運猶豫地朝前走去，嗅聞河水。

「味道果然不再刺鼻難聞了。」幸運表示同意，但是並不確定水質夠乾淨。大雨過後，河水仍舊蔓延。說不定毒性還在，也許稍後才會浮現出來毒害他們？

他並未說出自己的疑慮，看見拴鍊犬在遭遇暴雨之後重拾信心是件高興的事，河水之犬作出回應的想法鼓舞了衆狗。

瑪莎跳進水中，河水漫過她的肩膀，能夠再度游泳令她感到開心不已，同時也舒緩了腿傷。黛西與陽光在淺灘處高興地望著，她們倆還不想要跳進水裡。幸運任由大家在河邊戲水，獨自返回裸露的洞穴。

貝拉默默走近他的身邊，和他一起嗅聞並查看這些洞穴。「這些洞看樣子暫時可以派上用場，但是不適合久留。」她咕噥道。

「我跟你的想法一致。」幸運回答，「畢竟，沒有跡象顯示河水不會再度泛濫。如果大水淹過來，將沖走洞穴裡的一切。」

「就像沖走這裡的泥巴一樣簡單。」貝拉忍不住一陣發抖。

「但是這裡能夠暫時充當休憩處。」幸運冒險進入其中一個洞穴，輕輕抓耙洞穴牆面，留下幾道淺淺的刮痕，「在這裡短暫休息對大家都好。」

「是啊。」貝拉移開視線，「抱歉，在天犬征戰時慌了手腳，幸運。」

幸運點點頭，一時語塞。貝拉應該明白盲目慌亂的危險。下回，她會更加明白保持冷靜的重要性了，他心想。至少，他希望如此。

「貝拉，經歷這場災難之後你打算往哪裡去？」

突然一聲淒厲的呼喊令幸運怔住不動。那呼喊聲就像是嗆到了一樣，幾乎是喘不過氣的感覺。他與貝拉急忙轉身，耳邊傳來喉嚨哽咽，以及激烈的作嘔聲音。

「那是……」

「布魯諾！」貝拉大喊。

他倆衝向布魯諾，只見這隻大塊頭一陣劇烈嘔吐後，從嘴裡吐出的是一大坨味道難聞的嘔吐物。接著，他倒向一邊，四肢無力。其他成員湧上前，幸運拚命向前擠，將他們推開。他站在布魯諾身邊，驚恐地望著他。這隻身材魁梧的狗，嘴唇發白，一大坨污穢物沾黏在張大的嘴邊，嘴巴還吐出惡臭的泡沫。喉嚨像是被打了結似的，呼吸困難。

他的體內就像腐敗了一樣！幸運心想。內心感到一陣恐懼，因爲他宛如活生生的臭味桶。

幸運知道自己該怎麼做，雖然他從未嘗試過。他衝向垂死掙扎的狗兒，把頭用力地朝他鼓脹的肚子一撞。在大家來得及阻止他以前，他又重複了一次。大家紛紛發出吠叫，並試圖拉住他。

「幸運，不要這樣。」

「不要靠近他！你在做什麼？」

幸運甩開他們，發出咆哮，再次用頭去撞布魯諾。受到劇烈撞擊的布魯諾，全身扭動。幸運一次又一次地用頭撞擊布魯諾的腹部，無視一旁群狗的抗議。

布魯諾經過反覆的撞擊後，忍不住用力咳嗽，嘴裡吐出更多噁心的嘔吐物，嘩啦嘩啦地吐到地上，然後頭無力地朝後仰。

幸運往後退了一步，渾身發抖。布魯諾兩眼無神，目光呆滯，躺在地上一動也不動，呼吸微弱並帶著嘶啞聲響。

「怎麼回事？」貝拉小聲問，「幸運，你對他做了什麼？」

幸運搖搖頭說：「我得把他體內的毒物逼出來，這是唯一的辦法。老獵人曾經教過我，這次剛好派上用場。」

黛西瞠目結舌地問：「如果不這麼做呢？」

「如果不逼他吐出穢物，他很可能會喪命。你難道沒聽說過嗎？」幸運回答。

衆狗彼此交換眼神，顯得很難爲情。幸運嘆口氣。

「不，」幸運說，「你們的主人肯定會帶你們去看獸醫的吧？長爪治療師？」

「沒錯。」麥基依舊茫然，「幸虧有你在這裡，幸運。」

貝拉一臉感激地蹭蹭他說：「的確。否則就會像艾菲那樣，我們必須把布魯諾交給地犬。」

「布魯諾仍然十分虛弱。」幸運表示。布魯諾那張原本威嚴滿滿的臉龐，此時已無力抬起。

「我們得好好照顧他一陣子。」幸運壓低音量對貝拉說，「加上瑪莎的腿傷還在復原，我們目前並不適合進行任何移動。」

貝拉贊同他的看法，「的確。可是布魯諾怎麼會突然病得這麼嚴重？」

「應該跟他喝下的水有關。」

「我就是擔心這個。」貝拉垂下頭一會兒，但她可沒時間難過。貝拉打起精神，向狗幫說明，「大家聽著，不要再飲用河水，現在還不夠安全。」

混亂的場面平靜之後，其他狗緩緩前往察看他們短暫的棲息地。幸運希望自己能夠說些什麼讓他們好過些，但又有什麼用呢？少了他，他們完全喪失生存的機會。只要他們還需要他，他很樂意留下。

不管還要多久的時間，他這樣承諾自己。

「幸運！貝拉！」

黛西不忍見到布魯諾的痛苦所以離開了一會兒，但是此時她的吠叫聲顯得十分緊急。

怎麼回事？幸運不免一陣冷顫。如果狗幫遭受攻擊，按照目前的情況看來，布魯諾虛弱的身體、瑪莎受傷的腿，都意味著他們的麻煩可大了……

第七章

幸運轉身看到黛西從其中一個洞穴深出頭時，才鬆了一口氣。她看起來顯得有些興奮，不帶恐懼。

「過來快看看這裡！」黛西發出吠叫，「把布魯諾帶過來。這裡有乾淨的水可以喝——十分清澈。岩洞內留有圓形凹槽，也積了些雨水。」

「幹得好，黛西。」貝拉說，「我們把布魯諾抬進洞裡。還有你，瑪莎，你要好好養傷。」

大家費了一番功夫才把布魯諾虛弱的身體拖往洞穴，他試圖在地面用腳爪一陣抓扒，想要幫大家省省力氣，卻只是徒勞無功。進入洞穴後，他們將布魯諾翻過身來，好讓他能夠舔舔乾淨的雨水。等到他跟瑪莎都喝足了水，其他同伴才依序上前解渴。

麥基將他黑白相間的鼻子探出洞外，耳朵興奮地豎起來，「幸運，快來看看我發現了什麼！」

幸運帶著好奇走到麥基指的位置，洞內地面散落著零星物品。他聽見貝拉緊跟在他身後。

麥基眼睛發亮地說：「你看到了嗎？」

「我瞧瞧。」幸運希望自己也可以跟麥基一樣興奮，如果這麼做能讓大家高興一整天……但他只是碰觸著一片扭曲的金屬，抬起頭問：「這是什麼？」

「貝拉，你見過的，不是嗎？」麥基輕輕推動一個石頭材質的碗，讓它滾落到貝拉的腳邊，「這些是長爪們的東西呢！」

貝拉抬高頭，興奮地發出吠叫：「你說的對！瞧，這是牠們外出時，套在腳上的玩意兒。」她小心翼翼地咬起它，拿給幸運看。

「那又如何？」幸運滿臉困惑地問，「這裡距離城市並不遠……」

「你難道沒看出端倪？」麥基大喊，「大水將污泥沖走之後，留下了這些東西。這一切根本不是河水之犬的傑作，而是我們的長爪，牠們依舊在看顧著我們哪！」

幸運微微發出咕噥，表示不贊同。他向來不怎麼相信神蹟之類的事，偶爾會對祂們有所不敬。但是麥基的說法聽起來更是澈底侮辱了河水之犬。

但是狗幫其他成員似乎不在意這件事，大家走上前包圍著麥基。瑪莎則是帶著腿傷，一跛一跛地奮力上前。在她朝長爪遺留下來的東西一陣嗅聞後，她與幸運的想法一致。

「你不該懷疑河水之犬的能力，麥基。祂向來保佑著我們。」瑪莎說。

「祂讓布魯諾生了病。」麥基發著牢騷，但他不敢直視瑪莎。

「我有點糊塗了。」黛西坐了下來，檢視麥基找到的東西，「如果我們的主人就在附近，爲什麼不來找我們？」

「或許牠們有苦衷。」麥基辯解，他將長爪的物品堆疊整齊。幸運注意到，他把主人的棒球手套取出後湊近它。「說不定這說明牠們依舊在乎我們，雖然不能來接我們，卻讓我們擁有棲身處和飲水！看見沒？就連地面的凹洞也跟主人的碗狀器具相似，好讓我們可以從中飲水！」

「我從沒聽說過如此無理的言論。」幸運發出咕噥，陽光跟黛西則是一臉狐疑地望著他。

「我還是相信這是河水之犬的傑作！」瑪莎口氣堅定。

但是麥基卻沒有因此動搖。「主人在保護著我們。」他發出咆哮，「牠們看顧著我們，這意味著牠們會回來找我們。」

「噢，麥基，你真的相信這一套？」陽光低聲說。

黛西則是興奮地大喊：「或許是真的！主人們希望我們平安無事！」

幸運搖搖頭望著兩隻小狗開心地又叫又跳。他們顯然相信麥基說的沒錯，主人雖然不在身邊，卻仍看顧著他們。幸運忍不住嘆了一口氣，這群栓鍊犬現在只能依靠自己。他應該大聲宣告這點，但是貝拉在他開口前，輕輕推著他。

「跟我走，幸運。」她輕聲說，「大家現在一陣騷動，我有東西想讓你看看。」

幸運跟著妹妹走出洞穴，離開營區。距離河岸邊有一小片灌木林，這裡的地面顯得濕軟許多。

「看看這裡。」貝拉停下腳步，坐了下來，朝地面點點頭。她看上去一臉嚴肅，甚至帶著恐懼。

幸運彎下身嗅聞腳印。他感到一陣不寒而慄，忍不住扭開頭，接著再次嗅聞。

腳印是小型狗留下的，至少這點令人感到安慰。讓人擔憂的是腳印是不久前踩過，大概幾個鐘頭前的事。幸運努力聞著，卻聞不出個所以然來，上頭只留有河水的味道。他盡可能深呼吸，卻依舊徒勞無功。

腳印並非隸屬他的狗幫，幸運只能做出這樣的結論。

莫非是隻幽靈犬，他思索著。

但是幽靈犬又是如何在泥地上留下腳印？幸運甩甩頭，一臉挫折。他不知道這隻狗是否仍在附近徘徊，或者早已遠遠離開。

最好他們已經離開……

「幸運，我好怕。」身旁的貝拉說道。

幸運也有所同感，頸背高聳，接著說道：「有其他狗在這附近出沒，這點可以確定。」

「布魯諾中了毒，瑪莎又有傷在身，他們可是我們的兩名大將。就算大家不去飲用河水，但也可能因此缺水渴死！洞內收集的飲水根本不夠，如果今晚不下雨，我們又將回到原點。加上已經有一段時間沒有獵食了，我們急需食物補充體力！」

儘管貝拉絕望無助，幸運卻發現妹妹兩眼顯現著光芒。他帶著預感舔舔下巴，然後問：「你有什麼提議？」

貝拉趴臥在前腿上，眼神堅決望向他說：「我們得取得另一群狗幫的水源，跟他們一起分享。而除了水源之外，也要能在這片谷地的其他地方獵食。」

這分明是貝拉才會想出來的點子，幸運心想，他既欽佩又感到惱怒。妹妹總是想一些不可能完成的事，認為只要有心去做就辦得到。他花些時間繼續嗅聞腳印，卻仍舊一無所獲。

「貝拉，你難道不記得艾菲的遭遇？」幸運試圖跟她講理。

「當然記得！」

「那麼你好好想清楚！」他發出低吠，「對方並不會因為我們有同伴生病而改變心意！對他們來說，這只是意味著又少了一隻狗跟他們爭鬥！」

貝拉轉頭環顧四周，像是在確定沒狗靠近，之後她回過頭來，目光堅定地說：「這說明了我們為何堅持分享水源與獵食地的原因。」

「不，這是我們要離開這裡的原因。對方殘酷無情，不講道理，你不可能說服他們分享領地，這是狗幫在大自然的生存之道。貝拉，你得學會分辨不要挑起沒有勝算的戰爭。」

貝拉齜牙咧嘴地說：「我不會讓他們把我們驅離。我們在野地求生已經一段時間了，沒有借助任何長爪的力量！我不會現在就放棄，我們一定辦得到。」

「別這麼固執好嗎！」幸運不想對貝拉發脾氣，於是他朝那個神祕的腳印附近仔細探查一番。他不願讓其他狗見到腳印而慌了手腳。「如果不想遭受對方驅離，就必須把對方打倒，才不會讓他們殺光我們，你得謹慎下決定。」

「不。」貝拉一臉固執，幸運不禁想起幼時的她。「這次不一樣。」

幸運朝她一陣咆哮：「有什麼不同？」

她的目光格外堅定地說：「因爲這次必須計畫周詳，上回，我的確沒跟對方的首領好好溝通，但是這次我要他們對我們言聽計從。」

「他不會聽我們的。」幸運大發雷霆，「他會二話不說就把你趕走，要是你運氣好沒有立刻先被殺掉的話。」

「不。」貝拉起身，直直盯著他，「我說過了，有辦法，是眞的。而且是個好辦法，幸運。」

「別這麼荒謬而且不切實際……」

「我們得派我們其中的一隻狗滲透到敵對的狗幫。」貝拉趕緊說明，「成爲他們的其中一員，讓他們站在我們這邊，你明白嗎，幸運？」

她的聲音透露出勝利的口吻，幸運忍不住低聲嘆息。

「對方沒見過你，因爲你沒有出現在雙方的爭鬥裡。」貝拉停頓了一會兒，她眯起眼望著幸運，「因爲你離開我們。」

幸運咬緊牙根。他一方面因爲妹妹想要加深他的罪惡感而感到氣惱，另一方面卻又覺得她有權利生氣。畢竟，他的確深感愧疚，難以啓齒。他要如何向她解釋，對方其中一隻狗曾經見過他？而且那隻狗對他瞭若指掌，或許對他的瞭解跟她一樣多？

他現在找不到跟妹妹解釋的理由，有些問題連他自己也不知道該如何回答。或許他在糾結的樹叢間找到貝拉跟其他成員時就應該解釋清楚，但現在呢？

不可能。

幸運陷入沉默，他的忠誠度備受考驗，但是貝拉似乎並未注意到他的不安。他能夠看到她構思計畫時，尾巴興奮地拍打地面。

「你要跟他們結爲朋友，」貝拉繼續往下說，「取得他們的信任，把他們訓練得跟你一樣。一旦取信於他們，你就能夠說服他們與我們分享水源。就算行不通，聰明如你，也可以幫助我們接近湖水，而不必取得對方的認可！這個計畫再完美不過了，幸運！」

「這眞是瘋狂的計畫。」幸運大爲不滿，「你要我當間諜多久？」

「噢……等到我們回復足夠的戰力爲止。」貝拉開心地說著，「瑪莎的腿傷復原，布魯諾恢復力氣，我們自然有辦法可想。如果對方仍希望我們離開，我們可以到其他地方去。一切只是暫時的，幸運。你知道我們情況危急，你會幫這個忙吧？」她帶著懇求的目光望著幸運。

幫不幫呢？幸運恨透了這個主意，不想到敵營刺探軍情，更不想要欺騙別人。但是如果拒絕妹妹的要求，他肯定要讓她與整個狗幫失望了。

如果同意這個計畫，勢必要欺瞞甜心。貝拉說的對。瑪莎跟布魯諾需要食物、飲水和一個棲身處，但他們要如何辦到？狗幫沒有任何一個成員足以擔任這樣的角色。幸運是荒野狗幫唯一沒看過的成員，而且也是能夠確保計畫成功的不二人選。

他是曾在大城討生活的精明傢伙。

幸運嘆口氣，坐了下來，雙耳下垂，「好，貝拉，你知道我願意幫這個忙。」

「太好了。」貝拉說，「荒野狗幫攻擊我們之前，我在山谷深處發現了長爪的舊營區，看到五、六隻兔子相互追逐。那地方類似從前我跟主人偶爾前往的小屋。牠們常到那裡吃喝玩樂，你知道的，那裡經常可以見到狗兒追著球跑，有木桌，還有升火的大坑洞。」

「不，我不知道。」幸運提醒她。腦海浮現長爪與牠的孩子在公園裡玩樂，還有盛裝食物的籃子與接球遊戲的畫面。難道他願意冒險遇見其他長爪嗎？離開城市後，他唯一遇見的長爪便是那些身穿黃色毛皮的傢伙，牠們似乎對狗一點都不感興趣。

「噢，別一臉驚嚇，幸運！」貝拉說，「那個地方棄置已久。」

幸運滿臉狐疑地抬起頭問：「你怎麼知道？」

「第一次大咆哮之後，長爪的所有物品被破壞殆盡，無人修復。你不會認錯的。」貝拉繼續往下說，「那地方充滿大火之後的焦味，食物跟長爪都燒焦了。只要月亮之犬升起，我會每晚去那邊等你。天黑之後，如果你覺得安全，就偷偷從荒野狗幫溜出來，跟我在那裡會面，然後告訴我你的發現。」

幸運緩緩低下頭默許。想要執行貝拉異想天開的計畫，這似乎是最安全的方式。「好，每晚入夜後，跟我在那裡會合，我會想辦法過去。」

貝拉舔舔幸運的鼻子說：「謝謝你，幸運！我就知道你會願意幫忙。」

接著她不發一語地轉身，走回營區，舌頭吐出，頭與尾巴都舉得高高的。妹妹此時已經頗有艾爾帕的模樣。但問題在於她尚未具有領袖該有的智慧，有的只是一時興起的鬼點子。他不能責備她，她已經盡力了，只是還在適應當中，然而幸運擔心妹妹不久將會陷入大麻煩。

幸運嘆了一口氣，接著緊跟在妹妹身後，胃部一陣痙攣。他是隻聰明的狗——詭計多端，狡猾難捉摸，他內心略感不安地想起狗媽媽會如何形容這件事，但在大城市討生活跟野地求生截然不同。在城市裡，如果竊取長爪的食物被發現，頂多展開一場追逐戰。如果逃過一劫，便能夠完全脫身，自在且不受糾纏。長爪們最後通常會選擇放棄，返回牠們的居所。

在城市中，與長爪追逐時，最大的危險來自於面對長爪的應變。但如果讓荒野狗幫那隻狼犬抓到他是間諜，幸運暗自思索，他將不只是被驅趕離開這麼簡單而已，恐怕連命也得賠上。

第八章

「那裡有隻老鼠！」黛西追趕著一隻小囓齒動物，飛快的速度讓她占了上風順勢撲向牠。下巴猛力一咬，將牠拋向空中，讓牠粉身碎骨，黛西驕傲地將她的獵物帶回讓幸運看看。

「幹得好，黛西！」她成了頂尖好手。早晨，獵物極少，幸運原先還懷疑是暴雨將大咆哮發生後所剩的獵物淹沒或是沖刷殆盡了。

太陽之犬迅速升起，高掛在大雨沖刷之後晴朗的天空，這意味著獵食的最佳時機已過，幸運不情願地返回洞穴。黛西抓到第三隻老鼠，麥基也捕抓到一隻在低矮樹枝打盹的棕色肥美鳥兒，能夠打打牙祭總比什麼都沒有來得好。然而，幸運卻害怕獵食結束這一刻的到來。

日正當中正是他離開同伴，潛入敵營的時刻，就連能夠再次看見甜心也無法讓他感到好過一些。

一隻鳥高高站在松樹上叱責狗兒，由於距離太遠，幸運也懶得回瞪這隻鳥威嚇牠。不久，這裡將只剩下甲蟲可以獵食，恐怕到時候幸運將沒有任何藉口。停止嗅聞空氣後，幸運看見麥基在樹叢間穿梭，來到他的左側，匍匐在地。他不免爲此感到驕傲。

「快看！」黛西大喊。一隻兔子從樹叢間跳出，幾乎撞上麥基的腳，驚慌地往幸運的方向奔去，最後轉了個方向。陽光阻斷牠的去路，迫使牠往幸運的方向奔去，但是麥基卻半途殺出，迅速往側邊一躍，張嘴咬住了兔子。

「漂亮出擊，麥基！」陽光開心地轉圈，跳上跳下。

「你也表現得很好，陽光。」幸運表示，舔了她的耳朵一下，「這真是一場很棒的團隊合作！」

小狗開心地像要飛上天。幸運忍不住想起她從前有多厭惡獵食，害怕漂亮的白色毛髮打結。現在，她渾身髒兮兮，毛髮糾纏在一起，卻一臉驕傲。

獵食宣告結束，儘管日正當中不適合獵食，但他們依舊大豐收。幸運發出吠叫要大家集合，然後將滿載的收獲帶回去與瑪莎、布魯諾及貝拉分享。

尚未返回棲息地，幸運便停下腳步，一陣氣味令他心生警覺。他頸背高聳，四肢僵硬，嗅聞寂靜的空氣。

「幸運？怎麼回事？」陽光放下老鼠，滿臉狐疑地望著他。

「不礙事。」幸運低聲回答，「你們三個先返回營地，我在附近快速地偵查一遍。」

陽光雖然困惑，仍聽命照辦，叼起老鼠，與麥基跟黛西返回洞穴。

幸運等到他們離開視線之後，才低下頭一陣嗅聞，威脅感令他渾身發毛。他不想通知其他同伴，還不到時候，但是他非常確定……

這裡有猛犬出沒。

絕不可能是狼犬所率領的荒野狗幫其中一隻成員，幸運不記得見過毛髮光滑的猛犬身在其中。此外，這殘留的獨特味道並不陌生。他的腦海不由得浮現栓鍊犬遭凶猛猛犬囚禁於怪異狗舍的畫面。要不是幸運前去搭救——他忍不住打了個冷顫——貝拉、黛西與艾菲說不定會慘遭碎屍萬段。

幸運忍不住發出嗚咽。猛犬應該不致於一路追趕他們到這裡，就只是爲了報復受傷的自尊心吧？那女首領刀鋒態度傲慢野蠻，難道她會爲此願意離開豐足的狗花園，來追殺一群不起眼的栓鍊犬？

幸運不確定自己的猜測是否正確。總之，看不見的恐懼遠比可怕的怪物更加令人害怕。

他花一些時間嗅聞樹叢四周，用鼻子將石頭和樹枝推往一邊。最後他才稍微感到放鬆，因爲氣味已經過了一段時間，並非近期留下的。因此不論這隻猛犬的身分爲何，應該都只是路過而已。儘管如此，他跟隨大家返回洞穴時，仍舊感到不安。這地方充斥著太多危險的徵兆，許多不友善的狗兒都在這裡出沒。貝拉與狗幫現在只能往前走。他們不能走回頭路，那個曾遭到兇猛野蠻荒野狗幫攻擊的區域成了禁區。

他們必須尋找自己的領地——就在某個地方。

營區其他狗兒正等候著幸運，興奮地準備迎接豐美的大餐。幸運決定不提起他的發現，不將可疑猛犬出沒的事告訴他們。飢腸轆轆的胃口將他的憂慮一掃而空，獵食加上好天氣讓他胃口大開。他撲向分配的食物大快朵頤一番。

飽餐一頓後，他躺臥在太陽之犬發出的光芒之下，同伴們心滿意足地發出呼嚕聲響與輕聲呼吸搔著他的耳朵。

最後，他起身，伸展四肢，全身從頭到腳甩動著。幸運吃飽喝足，決定不再拖延。他走向貝拉，大家見狀紛紛抬起頭，接著一個個起身，神色緊張地聚攏在他的身邊。

「我該動身了。」幸運蹭蹭貝拉的耳朵，無法生她的氣，他知道自己出這趟危險任務時會想念她，以及這個雜牌軍團帶給他的安全感與友情。

「眞希望你不要離開。」黛西說。

「我們才剛等到你回來。」陽光哭喪著臉，「那群狗簡直是兇神惡煞，你不會有事吧？」

幸運舔舔她的黑色圓鼻子。「我這麼做是爲了顧全大局，你要相信我跟貝拉，這正是狗幫的精神。」他眞希望自己有這番話的一半信心。「我很快就會回來，希望到時候有乾淨的水源可以飲用。我會爲大家努力的。」

「我們都知道你會的，幸運。」麥基舔舔他的脖子，「只是……一切小心。」

幸運壓抑住內心的顫抖，開心地搖著尾巴說：「我會的。」最後他轉身望向貝拉。

貝拉深色的眼瞳嚴肅地望著幸運。他越來越覺得妹妹具有領袖的特質，確定她能夠擔負這項責任。他滿心歡喜地舔舔貝拉的鼻子，將自己的臉龐緊貼著她，最後強迫自己轉過身去，踏上他的旅程。

當他登上山谷的陡坡時，並未回頭張望。空氣瞬間變得溫暖，他氣喘吁吁地走著，想要循著高地前往閃爍金光的湖水，以免遭受突襲。除了荒野狗幫之外，谷地裡恐怕還有其他狗兒出沒。

他慶幸自己填飽了肚子，能夠專注在眼前的事，不必費心獵食。獵物們似乎也感受到這一點，鳥兒一派輕鬆地在枝頭歌唱，老鼠則是壯大膽子從樹幹下方穿過他的面前。幸運不知道內心的焦慮究竟是來自兇惡的狗幫，或是將再度見到甜心的緣故。

他希望自己能夠發現其他狗幫的偵察兵，進而分散他的注意力。大地一片平坦地在他面前展開，他登上小陡坡，見到湖水在眼前展開，波光閃爍，映照著太陽之犬的光芒。一切都在掌控之中……

幸運聽見凶猛的吠叫聲而抬起了頭，三隻狗兒擋住他的去路。儘管頸背出於本能高聳，他卻一點也不覺得緊張。

「你在這裡做什麼？」一隻纖瘦棕白相間的獵犬問道，她類似體型嬌小的快腿犬，此時正直挺挺地站在幸運面前，齜牙咧嘴，「這裡是我們的地盤！」

我們的地盤！幸運想起艾菲喪命那天，對方發出的野蠻叫聲與嗥叫——我們的地盤！

「現在趕緊離開，否則後果自行負責。」有著長耳的棕黑犬發出咆哮。

幸運逼自己要堅守立場。如果他掉頭就跑，他們很有可能追上他，猛打他一頓，或者更糟。他壓低身體，抬高背，前腿蹲下。他緊張地搖著尾巴表明自己並非有意入侵或挑釁。

「以森林之犬的名義，我想找你們的首領談！」他說。

棕白相間的狗兒張大了嘴，輕蔑地問他：「為什麼？」

幸運深吸一口氣，頭壓得更低。他不喜歡向這群狗幫低頭，他們攻擊了他的同伴，還殺了其中一隻狗！但是他別無選擇。此外……

「我認識你們的成員快腿犬甜心。」他說，「我們一起逃出城市，歷經了大咆哮。」

「然後呢？」另一隻長耳狗語帶譏諷地說。這隻母狗與另一隻長耳公狗極爲相像，幸運不禁認爲他們可能是手足。

他豎起耳朵，吐出舌頭。如果這招對美食屋的長爪管用，或許他這副模樣可以討好眼前的這群狗。「我想要加入你們的狗幫，帶我去見甜心，她可以替我擔保。」

「你憑什麼加入我們？」棕白狗的語氣充滿鄙視。

「因爲我會狩獵，對你們很有幫助。」幸運回答。

「城市的拾荒犬憑什麼覺得自己擅長獵食？」

幸運似乎覺得這隻母長耳犬似曾相見，之前的爭鬥現場她當時聽從首領的指令，是狼犬口中的春天。

幸運緊咬著牙根以免自己發出咆哮，他知道不能夠讓對方激怒自己。「我對你們的狗幫很有利用價值，你們有我的加入會變得更加強盛。」

公長耳狗帶著不確定性，抬頭望著那隻棕白色獵犬時，幸運鬆了一口氣。

「我不知道，達特。要是他眞的認識甜心……」

「我很懷疑他，崔奇。」達特發出咆哮，轉身對幸運說，「我聞得出你身上帶著城市的腐臭氣味。你都獵捕什麼吃呢？包裝紙？」

三隻狗輕蔑地嘲笑他。幸運不想承認這些諷刺的話裡，多少有些是事實。畢竟，這些日子他的確學到不少。此外，他暗自高興著能聽見城市氣味仍緊跟隨著他的這番言論。這說明他依舊是從前的他，一隻城市之犬、獨行犬。

仍然是真正的幸運。

他的喜悅隨著對方開始向他逼近而粉碎。幸運拒絕後退，他全身貼緊地面，卻忍不住齜牙咧嘴。如果對方堅持朝他發動攻擊，他將迎面痛擊對手，雖然這麼做只會讓事情更加難以收拾。

我的身上或許還帶著城市的味道。幸運感到有些失望。**但是我已經離城市很遠了，這裡沒有任何朋友……**

他明白這群狗絲毫不願讓步，如果對方要將他碎屍萬段，到時候他也沒有理由屈服。幸運齜牙咧嘴發出警告，然後突然起身，站得挺直。

對手無法輕易解決我。

那隻名叫崔奇的公棕黑犬的腳有點瘸，幸運的個頭比他們都高，但是他知道自己沒辦法一次對付三個。

「拿下他，春天！」

棕黑母犬朝他猛撲，低身攻擊幸運的頸部。她迅雷不及掩耳的速度，讓幸運只能閃躲一旁，但這動作卻不幸跳到達特面前，使對方有機會朝他的頸部攻擊。

幸運感覺到被對方咬住，忍不住發出吠叫，崔奇趁虛而入，咬住他的前腿。幸運一扭，甩開達特，朝崔奇咬牙切齒地發出咆哮。

春天此時加入戰局，她張嘴緊咬幸運的脖子，用力拉扯。

對方是要意致他於死地嗎？幸運並不這麼認爲，但他們攻擊的火力全開，想必是爲了確保他不敢再越雷池一步。如果他無法制伏他們，便無法取得對方的信任。荒野狗幫其他成員也不會接受他——甚至連甜心也是。

尖銳的獠牙刺進他的體內，使他痛苦地發出咆哮，怒不可遏。他轉身想咬住攻擊者，卻只咬到對方的耳朵。同時間，棕黑公犬一把抓住幸運的耳朵猛扯。幸運感覺到一陣刺痛，溫熱的鮮血濺滿他整個頭。達特仍緊咬住他的脖子，牙齒深入他的身體。

伴隨著氣餒怒火，幸運眼看自己就要慌了手腳。如果不能迅速甩開她，幸運將身受重傷。

「夠了！放開他！」

吠叫聲凶猛卻熟悉。對方鬆開嘴時，幸運一度腳步踉蹌，但感覺到脖子的威脅解除。三名攻擊者退後，卻仍然發出咆哮，高聳頸背，齜牙咧嘴。

幸運氣喘吁吁，回敬對方一陣咆哮，雙眼卻急忙搜尋那位發言者。那味道極為熟悉地朝他撲鼻而來，他的心跳逐漸減緩，呼吸平順。

「甜心。」他瞠目結舌。

她並未往前迎接他，只是站在原地，抬高頭，瞇起眼打量他。她的耳朵向前豎起，毫不客氣地朝他一陣嗅聞。

「他是入侵者！」達特發出吠叫。

「我看見了。」甜心站得挺直，微微地抬起頭，視線沒離開過幸運。

「我們試著解決他。」瘸腿公犬崔奇說。

「你不該阻止我們！」達特補充。

「不。」甜心發出咆哮，「我認識他。」

達特低下頭，尾巴下垂。面露不悅，但表現伏首稱臣的樣子。

「我要帶他去見艾爾帕，誰敢反對？」甜心望著她的狗幫成員，顯然認為不會遭到反對，也的確沒有。「我要提名他加入，成為新成員。他會是狗幫的大將。」

「遵命，貝塔。」衆狗雖然畢恭畢敬，卻仍怒視著幸運。

貝塔？幸運完全搞不清楚狀況。他明白每個荒野狗幫都有隻艾爾帕，也就是首領，而狗幫的最低階層爲歐米茄。但是貝塔？他從來都沒聽過……看來甜心在荒野狗幫裡混得不錯。不過現在不是詢問她的好時機。

「謝謝你，甜心。」幸運匍伏在地往後退，「我將……」

「夠了。」甜心眼裡的溫暖一掃而過，幸運微微感到不寒而慄。

「抱歉，甜心……」

「跟我來，而且不准直呼我的名字。一句話都不要說。」

第九章

甜心領著幸運繞行湖邊，深入濃密樹叢環伺的海灣。枝葉繁密，一片綠意盎然、涼爽，腳底踩踏著濕軟地面。歷經谷地刺眼的光線，幸運的雙眼花費了一些時間才適應這裡的昏暗，他緊跟在甜心身後，穿過兩排筆直的樹幹。

樹叢一路向低窪的空地延伸，甜心這才停下腳步。太陽之犬的光線穿過松樹頂蓬，一道道布滿灰塵的光線照耀綠色的草地。幸運留意到其中幾個特別的窪地鋪滿了柔軟的樹葉與青苔，成了適合棲息的窩巢，並且有加以仔細維護。這與他自己的狗幫鋪設的粗糙營地比起來，實在相差太多。

他同時注意到這個營地除了舒適，還有其他優勢。棲息地四周布滿濃密的荊棘叢，能夠嚇阻任何想要入侵的大型動物。就連嬌小的黛西恐怕也得費一番功夫才能穿過帶刺的荊棘。幸運喜歡與甜心並行，但此時他出於尊敬只能退往她的身後，並持續留意三名阻止他去路的小型狗。一道光線落在空地中央的平坦大石上，將那隻正在休憩的狼犬照得渾身暖洋洋。顯然，這正是營地最溫暖的巢穴，特別爲凶猛艾爾帕保留的棲息地。

幸運屛住呼吸，甜心則是泰然自若地搖擺著尾巴。另外三隻狗上前會見她，滿臉狐疑地嗅聞幸運。其中一隻大黑狗，幸運曾在上次爭鬥中見過，體型幾乎跟瑪莎一樣高，只不過缺少了她慈愛的表情。其他則爲毛色棕白相間，有著長耳的小型犬，還有長滿粗毛的黑狗兩眼炯炯有神，卻面露兇惡模樣。

「他是誰？」大狗發出咆哮，嗅聞空氣，「別告訴我，他是那群可悲的拴鍊犬其中一名。」

幸運內心對這番侮辱感到激動，卻只能忍氣吞聲。如果他現在失控，森林之犬只會覺得他愚蠢至極，不值得庇佑。但他不願意表現出退縮的姿態，如果一味卑躬屈膝，恐怕這隻傲慢強勢的狗只會殺了他找樂子。

即使黑狗的體型幾乎是甜心的兩倍大，甜心仍有恃無恐，她朝對方不屑地撇撇嘴說：「他是跟我一起的，費瑞。你有問題嗎？如果有的話，我們可以去找艾爾帕裁決。」

黑色大狗怒視著甜心，顯然他並不想要在艾爾帕面前爲這種事爭辯。在他開口之前，附近的矮樹叢一陣沙沙作響。

一隻毛色黑白相間的母農場犬——跟麥基不同類——從矮樹叢中探出鼻子抱怨：「吵什麼呀？我的孩子都在睡覺欸。」

「抱歉，月亮。」甜心把臉湊近狗媽媽，語氣恢復爲原有的溫柔，「回去陪孩子吧，我們會安靜點的。」

「是我不對，月亮。」大狗費瑞態度順從地連忙賠不是，幸運對此感到驚訝。顯然，這隻狗母親在此備受尊敬。

「呃，既然我過來了……」月亮伸出前腿，幸運聞到一陣奶味飄來，見到躁動不安的幼犬。「我實在餓極了，幼犬們長得很快，拜託誰去幫我找點吃的來。」

甜心立即轉身，對著一隻小狗發出吠叫，要他前往空地邊集合，「歐米茄！立刻去替月亮找點吃的來！」

小狗神色緊張一溜煙地鑽出樹叢。他的體格結實，體型特殊，配上兩隻小耳朵和布滿皺紋的臉龐，黑色眼珠子帶著狐疑直盯著幸運瞧，狡猾的表情令幸運感到不安。

「我說了，立刻。」甜心口氣冷漠地提醒這隻小狗，小狗隨即離開空地。

甜心忽視對其他狗幫成員介紹幸運的必要，她只是仰起頭，態度高傲地示意幸運向前。「來，我把你介紹給艾爾帕。」

她步行中充滿自信，帶著崇敬。幸運極不情願地跟在她的身後，他還在適應新環境。眼前這些狗幫成員的體型比貝拉率領的任何成員還大，除了月亮和她的小孩。這點令他感到氣餒。不僅如此，這群狗似乎安逸於這個提供屏障的營地。附近有乾淨的湖水，根據樹木散發的氣味判斷，這些樹叢也布滿著獵物。

就算拿出吃奶的力氣，貝拉的狗幫也不是他們的對手，他們的食物供給不用煩惱，紀律有佳且強壯。要是他們不願分享這一切，幸運恐怕就得說服貝拉和拴鍊犬另尋其他地點了。

「在這等著。」甜心命令的口吻打斷了幸運的思緒，「除非艾爾帕叫你上前，否則待在原地。」

幸運盯著那隻趴躺在石頭上的狼犬瞧，他一動也不動，除了尾巴。

或許，他正在睡覺，也可能準備進入夢鄉。可以確定的是，當甜心步上前時，他其中一隻冰冷的黃色眼瞳突然張開。

幸運聽見他們在低聲私語，但是在首領面前甜心的表現毫不畏懼。她帶著崇敬之意，卻並非臣服。她沉穩地說著話，身旁的艾爾帕豎起灰色耳朵仔細聆聽。之後，他轉過頭，目光銳利地望著幸運。

甜心也跟著轉身。「到這裡來，幸運。」

狼犬冷漠的目光令幸運不由得感到一陣惱怒，他緩緩步上前。這就是害死艾菲的殘暴畜牲，幸運真想朝他發出咆哮，羞辱他，甚至想要衝上前去咬住他，讓他嚐嚐同樣的下場，但是這樣的舉動無非是自殺攻擊。他回憶起艾菲的生命力逐漸流逝，小小的身軀逐漸冰冷，最後只能將他交由地犬。

我到這裡的目的是為了幫助艾菲的狗幫，避免他們遭遇同樣的命運。我必須牢記這點。

幸運與對方近距離接觸，發現他的模樣更加碩大與野蠻，雙眼凶猛狠利。他的眼睛並非幸運以爲的黃色，其中一隻眼瞳是冰藍色。碩大的腳掌帶著銳利的爪子，跟瑪莎一樣有蹼，但是猙獰的臉龐跟瑪莎一點都不相同。**他果然具備領袖的風範**，幸運心想。

「這麼說來，你想要加入我的狗幫。」狼犬問。

他語帶輕蔑，但是幸運目光直視著眼前，毫不畏懼。

「沒錯。」幸運回答，「我很有利用價值，甜心可以替我擔保。」

「的確，貝塔向我擔保過。」

幸運又一次聽見這個頭銜。大家都非常聽從她的指示，這意味著她是大狼犬的大將？

艾爾帕一臉無趣地說：「我的狗幫不需要新成員。」

幸運知道懇求對方肯定不會奏效，他瞧不起弱者或是卑躬屈膝者，卻又不能公然挑釁。

他將尾巴放低，裝作淘氣的模樣，歪著頭說：「你的確不需要一隻普通的狗，但是像我這樣強壯且動作俐落的狗可不常見，我很會抓肥美的兔子。」

艾爾帕打了一個大呵欠，連嘴裡的尖牙都能清楚看見。「蒙奇也辦得到，貝塔會獵捕鹿。這點你應該知道，不是嗎？城市狗，如果你對她瞭若指掌的話。」

狼犬此時目露兇光。幸運嚥了嚥口水，接著吐出舌頭說：「依我看，你的狗幫不缺少蠻力，但是我夠機智，因爲我在大城市討生活慣了，加上森林之犬的庇佑，我一樣也能夠在野地求生存。」

「你這麼想？」艾爾帕起身，伸展四肢，語氣裡充滿著惡意。

幸運不理會狼犬說話的口氣，繼續說：「我除了很有利用價值，也能帶來嶄新的……態度。我看待事情的方式不同，肯定能替狗幫帶來如虎添翼的效果。」

「我不需要你來告訴我什麼對我有利。」艾爾帕打斷他的話，幸運往後一退，他得謹慎應對。

「我想都不敢想。」幸運回答，態度順從許多，「我只是……在說明我的經驗，以及能夠幫忙的地方。你有支精銳部隊，我想要成爲其中一員。」

艾爾帕顯然有些動搖，但是一旁的長耳黑狗表達反對之意。

「趕他走吧，艾爾帕！他的味道不對勁，身上充滿了長爪、石頭和金屬的臭味。趕走他！」

艾爾帕冷漠的雙眼望向這隻黑狗，「蒙奇，」他發出咆哮。「你在指導我該怎麼做嗎？」

喚做費瑞的大狗朝蒙奇的頭一個揮拳。

蒙奇大喊著低下了頭，往後退。「當然不是，艾爾帕。我只是……」

「那麼閉上你的嘴，否則我會讓費瑞毒打你一頓。」

幸運環顧四周狗幫的所有成員，不僅蒙奇一隻狗嚇得退縮，在場所有的狗似乎都懼怕著他們的艾爾帕，眼神充滿了恐懼。

除了殘暴的費瑞與甜心。

由於蒙奇並未試圖脫逃，幸運認爲他們似乎已經習慣艾爾帕這麼做。儘管這隻狼犬既殘暴又冷酷，他的追隨者似乎沒有叛逃的意思。幸運從前對狗幫生活的厭惡又浮上心頭。拴鍊犬這支小規模狗幫的成員們之所以並肩同行，是因爲他們想要這麼做，因爲他們瞭解彼此，喜歡彼此。

可又是什麼原因能讓眼前這支荒野狗幫彼此有向心力？

幸運思緒紛亂，如同雨水拍打在石頭上，他見到甜心優雅地跳上艾爾帕趴躺的石頭上，站在狼犬的身邊，卻並未遭到驅離、斥責，而是驕傲地隨侍在側，似乎只有艾爾帕的地位在她之上。

幸運的胃部因沮喪與忌妒感到痙攣。難道甜心是狼犬的伴侶？

當甜心開始發表談話，他的恐懼立刻轉為感激。

「我和幸運是在城市認識的。我逃出收容所時，他是我唯一的同伴。如果不是他，我早就沒命了。他解救過我的性命好幾回。」她停頓了一下，依次望著所有成員，讓大家思索。「他忠誠、勇敢、強壯且機智，會是狗幫的優秀成員。事實上，我曾要求他加入我們，卻遭到拒絕。」她面無表情，轉身望向幸運。「如果他改變主意，是我們運氣好，你們應該歡迎這樣一隻狗，而不是……」她朝蒙奇輕蔑地撇撇嘴角，「趕他走。」

艾爾帕簡短點點頭。「他或許具備了這些特質，貝塔。但是我們狗幫人才濟濟，不需要其他狗加入。」

「月亮要哺育幼犬，時間至少持續到月亮之犬走完下一次完整週期。我們缺少一名優秀的大將。幸運可以暫代月亮的位置，執行巡邏的勤務，春天可以繼續獵食。到時候再由你來評斷幸運應該擔任什麼樣的職務。」

艾爾帕再次緩緩點頭同意。「你說的話很有道理，貝塔。」她低下頭默許，艾爾帕則繼續往下說，「你要是這麼挺這隻城市佬，我想他可以暫時留下。」艾爾帕露出牙齒，冰冷的雙眼望向幸運說。「但是他得向我們證明他的確有用，如果他辦不到，我們仍然可以把他踢出狗幫，外加一頓毒打。你們怎麼說？」

幸運看著荒野狗幫的成員，瞧他們對於艾爾帕的決定作何反應。儘管達特與崔奇先前凶悍不好惹，此時他倆望著彼此，搖搖尾巴表示同意。

「我們多了一位巡邏員。」崔奇說。

春天則小聲發出咕噥，搖搖頭。

「歡迎加入。」費瑞身旁的那隻棕白色毛髮的嬌小母狗說。

「說得好，史奈普。」崔奇說。

費瑞沉默不語，臉部表情說明他並未接受幸運。蒙奇則是望向一旁，看起來不相信這次居然能逃過大狗的拳頭。

幸運感覺到這是他抵達對方的營地後首度鬆了一口氣，他帶著謙卑低下頭。「謝謝你，艾爾帕。」

「你跟其他成員一樣從加入狗幫最低層級開始，地位只略高於歐米茄，目前聽從崔奇的領導。」狼犬轉過頭望向瘸了腿的棕黑犬，崔奇的臉龐閃過一絲沾沾自喜。

「遵命，艾爾帕。」幸運更加低下他的頭假裝表示感激。他早已預期自己在狗幫的地位低下，但是地位只比歐米茄高一個層級是他始料未及的事。

他忍不住望向甜心，沒想到她能升到貝塔的階級。多年來，他從那些進入城市討生活的野狗身上學到許多狗幫的生活模式，但是其中似乎還有許多事他不瞭解，他現在才意識到這點。他已經習慣與拴鍊犬一起在野地生活……但是他骨子裡依舊是隻城市之犬，無須過著階級般的生活。

不管怎麼說，對於被指派的位置他有信心能夠應付自如，他比崔奇、蒙奇聰明，他想，並確信自己的地位很快就能夠晉升。

與甜心的地位不相上下……

「既然大家都已經集合，」艾爾帕突然宣布，語氣直率。「切記留心那群可悲的拴鍊犬下落，我不希望見到他們又重新發動另一次攻擊。如果見到他們，驅趕他們離開，如果他們不願意走，解決掉他們，明白嗎？」

「遵命，艾爾帕。」大家齊聲附和。

「幸運。你來這裡途中是否有遇過他們？」

幸運感覺到眾狗的目光全都集中在他身上，他忍不住心跳加速。他是否應該向對方坦承自己不但見過，甚至在大城裡早就認識栓鍊犬？這其中沒有半點謊言。儘管甜心重新找回自信與地位，他知道自己仍信得過她。

但是她現在是艾爾帕的伴侶……

「我不確定。」幸運希望自己的謊言沒被識破。「我想我見過他們，一群滑稽無用的寵物？但是我不知道他們往哪裡去。」

「我們可以找出他們是否在附近出沒。」艾爾帕說。「他們曾經想竊取我們的水源，這事不會再發生。幸運，你跟崔奇和達特一塊巡邏，讓他們教教你我們如何行事。去吧。」

事情交代完之後，狼犬趴躺回石頭上，眼睛瞇成一條縫，望著他們離開。幸運回頭張望，發現那雙藍色與黃色眼睛依舊盯著他瞧。他不免感到一絲憂慮，身上的寒毛直豎。

如果艾爾帕發現他跟拴鍊犬有往來，後果會如何？他該如何圓謊？**你必須動用森林之犬該有的智慧**，幸運，他告訴自己。**就算得賠上自己的性命……**

接下來的想法令他更加難以想像。甜心在眾狗面前替他擔保，她在狗幫稱得上有身分地位。要是艾爾帕發現他扯謊，要怎麼處置甜心，是會覺得連她都被幸運騙得團團轉？可是萬一艾爾帕認爲甜心蓄意欺瞞呢？像是……她與那隻在城市裡就結識的狗共謀了一切？

罰。

幸運不敢想像當荒野狗幫領袖發現遭到背叛時，會做出什麼嚴厲的懲罰。

他做好面對一切危險的準備，在大城市討生活早已如此。但是他不願意任何一隻狗因此陷入危險。

第十章

「快跟上，幸運。」崔奇發出吠叫，他瘸著腿，飛快走著。

幸運微微感到惱怒。他折返嗅聞空樹洞，才剛聞清楚，遠比崔奇與達特分析的完整，他認爲崔奇沒有必要對他頤指氣使。如果階級地位有晉升的可能，說不定哪天換作崔奇得聽從他的命令，所以崔奇老對他發號司令並不明智。

「別擔心我是否跟上。」幸運說。「如果覺得累，可以停下來休息。」他心裡想的卻是，**如果你的瘸腿走不動的話**。

崔奇大聲喊道：「你說話小心點，狗幫十分重視倫理。」

如果真是這樣，幸運心想，**你最好學著尊重**。

湖岸邊升起初霧，湖面閃閃發光。遠方岸邊則見到松樹樹影幢幢，可見得附近有一大片森林，裡面擁有許多獵物。幸運再次覺得荒野狗幫不願分享取之不盡的食物實在不公平。如果他們懂得分享的道理，他也不必落得如今得欺上瞞下的地步。

他們進入濃密的松樹林，幸運不僅留意可能發生的危險或是獵物，還有貝拉及其同伴掩護之下的行跡。他希望自己的兩名同伴對於他這個新成員到處嗅聞的舉動不會起疑，幸好他倆啥也沒說，崔奇與棕白色毛髮的母狗達特並未提高應有的警覺。

我真是好狗運。

就幸運觀察，目前還很難從這支狗幫取得貝拉所需的資訊，但這是他的第一次任務，他還有許多時間可以好好探查，雖然他心中很想盡快結束這趟任務。他可不想要當隻窩裡反的狗太久。

幸運發現頭頂突出的岩石是明顯的藏匿處，但他仔細嗅聞對於荒野狗幫可能造成威脅的警訊，將視線望向崔奇與達特，他們正喃喃發表傲慢的言論。

崔奇真該留心我老是嗅聞一切的舉動，但他似乎完全沒有察覺這一點。儘管他倆行事草率，我實在不該太過冒險。

「很好，幸運，幹得好。」崔奇說。

幸運抽離思緒，豎起耳朵。崔奇與達特似乎對他讚賞有佳。雖然他們的自鳴得意令幸運感到不安，同時也發現自己鬆了一口氣。崔奇對他的敵意明顯消除，雖然幸運不明白是什麼原因，他得承認這點讓他的任務輕鬆不少。

草木逐漸開闊，湖面霎時出現眼前，在太陽之犬的映照之下，湖水閃著銀色的光芒。幸運望著湖水，感到目眩神迷。

「有毒物質還沒擴散至此。」他說。

「在河裡放毒？」達特回答。「不。總之，河水是遭到大量有毒物污染才無法飲用。」他的語氣中透露出些許驕傲，幸運抬起頭來。

「難怪拴鍊犬沒有水能喝。」他咕噥道。

「是啊。」達特大笑。「不過不關我們的事，你不必替他們感到難過。」

「他們應該留在主人家陪牠們玩遊戲。」崔奇一臉輕蔑說。「或許你在城市待久了，幸運，但是至少你明白狗兒生活的眞實樣貌還有大自然的殘酷，憑藉智慧生存下去。他們實在不配活著。」

幸運一時語塞，只得低下頭，飲用冰涼的湖水，嬉戲一番，也喝了許多水。他從未感覺到水也可以如此甘甜。在這個嶄新，充滿危險的世界，陽光熠熠，一個簡單喝水的動作竟然令他覺得幸福、耳目一新。達特與崔奇依舊在開玩笑，拚命嘲笑貝拉他們，但他一點也不想附和。他不必理會他們對他朋友的任何意見。

「總之，他們必須離開，如果他們知道什麼才對他們有利。」達特沿著湖岸行走，嗅聞，然後驚恐地回望並發出吠叫。「幸運，我們不能在巡邏時耽溺逸樂！」

幸運抬起頭，嘴邊還淌著水，一臉驚嚇。

「迅速喝口水，就這樣。」崔奇口氣嚴厲。「艾爾帕說過如果我們在巡邏時，飲水或享用食物，就無法勘查仔細。滿足口腹之欲只會讓我們怠忽職守。」

怠忽職守？幸運感到十分震驚。這些傢伙是怎麼想到這樣的字眼？

儘管他們的處事態度實在令他驚訝，幸運並不想要惹禍上身。他退離水面，繼續跟著他們巡邏。顯然，艾爾帕十分嚴守紀律，幸運不得不承認這點並無不對：當他舔舐甘甜的湖水之際，品嚐沁涼的水流過他的喉嚨時，肯定無法察覺背後的危險。即便是大難臨頭，他都察覺不到。

「狗幫裡有隻狗最近才得到教訓。」達特說。「他在巡邏時發現兔子的屍體，獨自享用。」

崔奇感到不寒而慄。「艾爾帕對這點可不仁慈。」

幸運不禁跟著發抖。「是哪隻狗？」

「他已經不知去向，我們也絕口不提他的名字。」達特似乎感到不安，出發前，用力甩甩身體。幸運猜想不論那隻狗是何方神聖，現在肯定早被逐出狗幫。

「幸運，去查看山丘。」崔奇下令。「陡坡處容得下三隻狗藏匿。」

不管如何他都得照辦，幸運閉緊了嘴，按照吩咐行事。說眞的，聽聞那隻無名犬的故事後，他十分慶幸自己能有喘息的空間，他沒有忘記自己正走在臥底的鋼索上。他探低身子勘查洞穴，或是撥開雜草查看是否有任何動物藏匿其中，預備發動攻擊時，身子不免一陣發冷。浣熊發出的臭味令他心生警覺，肌肉緊繃，但是當他跟隨一、兩隻兔子的行跡尋找時，發現自己不需要擔心這些陳舊的氣味。

他回頭望向崔奇與達特時，不禁突發奇想。他們嗅聞空氣與地面時，尾巴都是下垂。沒有任何氣味令他們感到激動，儘管幸運認爲獵物的氣味不論新舊都應該會令他們興奮才是，但他們總是一副冷靜的模樣。

我真是不明白。

幸運走回崔奇和達特身邊時問道：「我們在找什麼特定的目標？這地方充斥許多氣味和動物的足跡……」

「艾爾帕想知道我們是否會受到任何威脅。」崔奇回答。「當然其中包括其他狗群，狐狸和浣熊。有時候也會有利爪出沒，牠們十分狡猾。」或許是回想起過去跟牠們交手的經過，他打了一個冷顫。幸運也是，他清楚知道利爪的抓痕不但刺痛，而且傷口會迅速感染。

「如果只是微不足道的威脅，我們在巡邏時自己解決就行。」達特發著牢騷。「如果需要支援，我就得返回營地集結負責狩獵的狗。這說明爲何巡邏時，至少得有三隻狗一起同行：二隻狗兒應戰時，剩下那隻狗回去求救。我們的狗幫可沒有這麼容易被擊垮。月亮看顧幼犬時，春天跟我們一道巡邏，現在有你取代，她可以返回狩獵的位置，替大家獵捕更多食物。」

「你十分盡忠職守，幸運。」崔奇說。幸運不明白他這番話的意思，但是他見到眼前這隻混種狗的眼神透露出讚賞。「我觀察你探查十分仔細。」

他在測試我，幸運恍然大悟，帶著不悅。他這才發現崔奇扮演著嚴格卻又同時溺愛子女的母親角色。

幸運取代了崔奇在狗幫裡的低下位階。

在狗幫裡低下的身分肯定很糟，幸運不禁思念起貝拉率領的雜牌軍。面對生存這件事他們還有得學，但兩相比較，拴鍊犬團結得多。他們之所以合作是因爲他們彼此關懷，彼此分享食物還有苦差事，因爲他們覺得大家地位平等，不會爭權奪位。幸運眞想給崔奇與達特一記當頭棒喝，要他們思索違反殘酷規則的道理何在。他想要告訴他們遵循的指導原則並非唯一，狗幫沒必要放逐或是殺害同類，就算那只是一時飢餓犯下的錯誤……

但是幸運緊閉著嘴，不發一語。他才剛剛加入，沒必要選在此時質疑艾爾帕的處事方式。

此外，他不僅懇求要求加入，也說了些謊。

我對這群狗耍了一些詭計，媽媽可不會高興見到我這麼做。

他沒有資格向崔奇與達特說教關於友誼和榮譽。

達特走在幸運前面，完成狹長海灣的巡視後，此時正心不在焉地嗅聞一根巨大的長長漂流木。根據他們的談話來看，幸運心想，同伴對於四周環境的探查似乎稍嫌草率。達特根本還未抵達漂流木的末端，就急著躍下，逕自朝峽灣的松樹叢走去。崔奇沿著森林邊緣的樹幹繞行，查看每根樹幹的樹根，但是就幸運看來，他似乎更在意沿著樹木順序走完，而非仔細檢視。

幸運最後仔細嗅聞沙岸下的石頭，然後跳上石頭，加入崔奇的行列，跟隨他進入下一片森林。「巡邏時通常由月亮帶隊吧？」他問。

艾爾帕說明月亮必須照顧幼犬所以無法進行巡邏，再加上大家對她唯命是從的態度看來，幸運推測這隻狗母親的階級肯定高過崔奇或是達特。

「是啊。」崔奇回答。「她帶領巡邏時，沒有任何事能夠逃過她的檢視。她也是名狩獵犬，但是她更加擅長循線嗅聞氣味跟線索，堪稱狗幫的高手。」崔奇說話的口吻充滿了敬畏之意，更加證明幸運的推測。「她現在正在哺育的是她跟費瑞的孩子，他倆能力很強，是絕佳伴侶，經驗老練。他們跟隨艾爾帕很長一段時間了。」

幸運偏斜著頭，走在崔奇身旁。「甜心，我是說，貝塔也跟著他很久了吧？」他好奇想知道他的摯友離開城市之後的遭遇。

「貝塔？不。她是狗幫的新進成員！」崔奇的眼睛睜得又大又圓。「她選在大咆哮之後，月亮之犬週期行至一半時加入我們。她動作敏捷、機智——無情。很快就晉升至貝塔的位置！」

「眞是……了不起。」幸運說，內心卻感到一陣莫名的痛苦。

「差不多了。」崔奇說完把腳掌靠在一棵樹上，仔細嗅聞樹洞。「探查交界處十分重要，月亮就是這麼做，否則她晚點又要對我們嘮叨了。」

幸運若有所思地抬起頭。**月亮怎會知道你是否完成工作？她真的這麼有威嚴，可以從營地後方觀察你的一舉一動？你害怕月亮、費瑞和艾爾帕，還有甜心，一點也不敢稍有違抗命令。**

自從他們出發離開後，樹影逐漸縮短。幸運仔細跟隨達特與崔奇的足跡，但在他仔細嗅聞觀察後，他留意到他們不過是跟隨舊足跡。當他倆停下來嗅聞舊有的記號，很容易嗅聞出同一地點該有的氣味。幸運仔細嗅聞，品嚐相同的味道，發現這地方的氣味更加久遠。

他們每天都走同一條路，幸運心想，心中不免大感驚訝。每天行走一樣的路線，眞是瘋狂！達特憂心地抬起頭望向太陽之犬，大喊著「日正當中」，他們便朝營地走去，彷彿追隨隱形領袖的命令。

此時，他們更深入森林，在那個充滿窪地、山坡以及濃密樹叢處查看，這讓幸運有充裕的時間思考。他懷疑月亮在得知這兩隻巡邏犬只會跟隨她的路徑後肯定會不高興。任何一隻陌生犬只要觀察巡邏隊的行進路線，歷經兩至三趟太陽之犬的週期後，肯定能夠加以避開。

艾爾帕創造一個紀律嚴謹的狗幫，提供他們一個安全又舒適的家，或許這也成了缺點之一。幸運、貝拉跟拴鍊犬向來隨時提高警覺，準備落跑，或者稍有動靜便採取防禦的姿態，因為他們沒有安全感。相反的，艾爾帕的狗幫過於安逸，太過自信。他們應該待在這裡很長一段時間了，甚至在大咆哮發生之前就定居於此。

這點很有可能。崔奇與達特並未留心崩塌的樹木，這地方顯然並未像大城市或山谷深處那般遭受全面性的破壞。偶有一、兩根倒落地面的樹幹阻擋他們的去路，崔奇與達特只是躍過它，視而不見，並未因此提高警覺，表現緊張不安。幸運心裡不免微微感到震顫，或許這支荒野狗幫太過強悍，偶發的搖晃或是地犬發出的咆哮根本不會令他們感到害怕？另一方面來說，他們不知道什麼叫做危險。

幸運站在粗糙的含沙陡坡氣喘吁吁，豎起耳朵，盯著隔鄰的峽灣。對啊，他靈機一動，如果貝拉跟狗幫清空突出的土地，那麼就可以在峽灣這一側掘出一道淺溝，然後躲在其中不被發現。只要他們能夠保持安靜，行事小心，避免在起風時讓身上的氣味遠飄到讓荒野狗幫發現的話，他們便可以潛入湖水另一側，在那兒飲水。

幸運不自覺感到滿意，他的同伴終於有機會遠離乾渴。

「走吧！」達特發號命令，幸運還站在陡坡上躊躇。

他不情願地跟了上去。

隨著他們愈發接近營地，草木逐漸變得稀疏。幸運越過一片廣闊的綠草地，望見另一片濃密的森林，這片森林似乎比起艾爾帕的領地更加廣闊。眼前不遠處，一隻獵物驚慌地從草叢鑽出，而狗的氣味令牠想要再次深入草叢，幸運一陣激動，興起了獵食的欲望。這時候，小小的黑影在幸運腳邊的草叢晃動，他往前一撲，抓住了老鼠的尾巴，緊咬不放。

就在幸運想要通知夥伴成功獵捕到食物同時，他感覺到一股力量朝他猛撲而來。他趴倒在地，手中張皇失措的老鼠奔逃離開，消失無蹤。他不可思議地望著眼前這一幕，接著起身，挺直背脊，瞅著達特。

「你為什麼推我？這獵物是我抓到的！」

「你無權這麼做！」達特大聲咆哮。

崔奇跛著腿走上前。「我們不狩獵。」他口氣銳利。「特別是在巡邏時。」

幸運感到不可置信喘著氣。「你在胡說什麼？食物就在你面前走過，有什麼理由不能獵食？」

「或許你在大城市總是獨自獵食。」達特語帶輕蔑。「但是我們身處狗幫，它告訴我們何時應該獵食。除非我們擁有狩獵者的身分，才能獵捕食物！」

「狩獵者的身分？」幸運不敢相信自己耳朵聽到的事。這群狗可真是……訓練嚴謹。「所有的狗兒生來就為了獵食！這件事再自然不過。」

「巡邏犬除外。唯有晉升至狩獵犬的地位，才有狩獵的權力。狩獵目前不在我們的職責範圍，我們無權這麼做。」

幸運望著他倆露出不表贊同的表情，這讓他禁不住低下頭。「但是我並未立刻要享用，我只是……」

「狩獵犬稍晚會出動。」崔奇對他說。「太陽之犬打起了呵欠之際，費瑞會領軍出發。這時巡邏隊返回營地協助艾爾帕並守衛月亮，天黑以後食物陸續被帶回營地才是用餐時間。」幸運張嘴正想表達反對，卻遭對方打斷，「這是狗幫的例行規則！別把你在大城裡那一套規矩帶進來，幸運。」

幸運用力抓搔其中一隻耳朵，甩甩身子，順從地跟在另外兩隻狗身後，朝那隻倉皇奔逃的老鼠最後一瞥。他心想狗幫想要捍衛他們的食物來源，確保所有成員公平分享所得再自然不過。如果單獨獵食，或許就會像那隻大啖兔肉的無名犬，想要獨享超出所得的一切。

噢，森林之犬，他感到沮喪祈求著，**我還要更努力瞭解荒野狗幫的運作，請庇佑我別再犯錯……**

幸運內心不禁感到悲傷。崔奇與達特竟然可以對所有跑過眼前的獵物視若無睹，這意味著這片土地擁有的獵物不虞匱乏。然而貝拉及其狗幫身處谷地深處，一直處於極度飢餓的狀態，如果不在險中求生，竊取荒野狗幫的食物跟飲水，不知道還能夠支撐多久。

這片土地的食物足夠餵養一大群狗，只要艾爾帕願意分享。食物多得吃不完，簡直像在浪費資源，真是不公平。

話雖如此，幸運卻毫無立場提出質疑。稍有偏袒拴鍊犬的言詞出現，他的新同伴肯定會懷疑他的動機。

幸運知道艾爾帕會不假思索地將他驅離荒野狗幫，或者下場更糟。**幸運，你可千萬別露出馬腳**，他告訴自己。

他搖搖晃晃地踩在河邊的卵石上，不想落水，遭河水沖走，成爲另一隻狗幫絕口不提的狗。

第十一章

等到月亮之犬在地平線上伸懶腰，幸運對於自己放走老鼠一事感到後悔莫及，他飢腸轆轆，把頭枕在腳上，舔著嘴，在同伴面前保持耐性。至少，根據崔奇的說法，狗幫會分享狩獵犬帶回的獵物。

平地的草坪上升起了低矮的霧氣，狩獵犬返回營地時，太陽之犬很早已陷入沉睡。狗幫所有成員起身迎接他們，耳朵豎起，嘴角淌著口水，幸運抓住機會掃視營地。

群狗集結於此，至少就他所知道的狗兒都在這兒了。唯獨不見月亮的蹤影，她必須留守在溫暖的窩巢陪伴她的幼犬。整個狗幫正等著填飽肚子，這正是貝拉及拴鍊犬偷偷潛入遠處湖岸的絕佳時機。歸返營地的狗兒們現身矮樹叢沙沙作響，幸運暗自竊喜地記好時間，希望將來派上用場。

貝拉的計畫或許眞的能成功。

大黑犬費瑞步上前，走到空地的中央，放下獵到的小獵物。他轉過頭，嗅聞空氣，驕傲地發出吠叫，通知月亮「我們獵到了老鼠、田鼠、兔子跟地鼠。」

還有肥滿的野禽，幸運口水都要流出來了。還有幾隻松鼠，看來每隻狗都能夠大快朵頤一番。

春天在食物堆放下獵物，只見那隻兔子殘破不堪。「這隻兔子眞狡猾，差點讓牠溜了。」她上氣不接下氣。

史奈普歡喜地舔舔她的耳朵。「但最後你還是逮住牠了！」幸運留意到小狗的毛髮沾滿了泥巴與血漬。

狩獵犬加入同伴坐了下來，享受傍晚的陽光。春天帶著驕傲走向崔奇，她驕傲地昂頭描述獵食的經過，瘸腿的崔奇聽得津津有味，一臉崇拜的模樣。蒙奇與達特開始扭打，長耳黑犬將棕白色毛髮的小狗推往爛泥巴，小狗不甘示弱，朝對方的腿咬了下去。幸運的肚子餓得咕嚕咕嚕叫。

最後，艾爾帕步上前，嗅聞獵物，大表讚揚，幸運也跟著起身，飢腸轆轆朝地鼠走去。

不知是誰朝幸運的腹部用力一咬，他忍住不發出吠叫，轉頭發現達特露出牙齒對他發出警告。

「還沒輪到你！」她低聲吠叫。

我又做錯了！其他狗幾乎一動不動，因此幸運迅速退下，躺臥在達特與崔奇身邊。「抱歉。」他小聲說。「那麼是艾爾帕自己分配食物嗎？」

他們望著艾爾帕挑選肥美的野禽以及上等兔肉，然後用利齒撕扯獵物，大快朵頤。

幸運環顧四周，群狗並未輕舉妄動。他們不是把頭枕在腳上，便是耐心坐著，尾巴拍打草地，等候艾爾帕填飽肚子。另一頭，費瑞則跟甜心正在深入交談。

幸運餓著肚子問：「我不明白，大家不是可以開動了？」

「依階級輪流。」達特的眼神透著光芒，覺得好笑。「我的老天，你懂不懂用餐禮儀呀？」

「我在大城市裡可不是這樣。」幸運發著牢騷。

「我們這裡講究規矩，並非貪吃的野蠻狗。」蒙奇傲慢地擠擠鼻子。

幸運決定不回應他。他知道自己不論說什麼，蒙奇肯定會嗤之以鼻。

艾爾帕慢慢享用食物，先咬碎骨頭，再將肉與骨髓吸吮乾淨。待他吃飽後，伸伸腿離開，才輪到甜心。等她吃完地鼠和兩隻田鼠，費瑞才走近獵物。大狗把一隻松鼠扔向膽怯的歐米茄，他喃喃說著「謝謝」，然後把食物帶往矮樹叢中月亮的巢穴。

小狗的嘴角緩緩流淌著唾沫，卻絲毫不敢舔食嘴裡的獵物。他把食物放在月亮的腳邊。幸運這才明白歐米茄感謝費瑞的原因是，對方讓他有「特權」把食物帶給月亮享用。當幸運望著三隻蠕動的幼犬，儘管他們還不到足以啃食這類食物的年紀，卻好奇地嗅聞獵物的模樣，幸運不禁覺得狗幫的生活眞是難爲。

我能夠習慣這樣的日子嗎？

幸運沮喪地望著食物堆逐漸減小。野禽一隻不剩，兔子剩下一隻，老鼠的數目也減少許多。還會有什麼吃的留給我？他從未想過這個問題，如今，他不禁覺得低階的狗眞是毫無尊嚴。

費瑞依舊在享用著地鼠，他舔舔鮮紅色的嘴之後，開始撕咬獵物的胸腔部位。幸運只專注在飢腸轆轆的肚子，因此幾乎沒注意到左側閃動的陰影，接著他轉過身，發現蒙奇在陰影間匍伏，鎖定一隻從食物堆落下的老鼠。他伸出爪子，假裝自己在伸展四肢……

幸運並非唯一注意到蒙奇舉動的狗，正當蒙奇其中一隻腳爪抓住了老鼠的尾巴，甜心朝他身上猛撲，殘忍地咬住他的黑色長耳，只見蒙奇大叫，鬆開了老鼠。

「你在做什麼？」甜心怒斥。「退後，還沒輪到你！再讓我抓到一次，你就得被降級。」

蒙奇趕緊道歉，往後退去，耳朵還淌著鮮血。幸運心裡一沉，害羞又溫柔的甜心離開收容所之後經歷過什麼？

「史奈普。」快腿犬大聲嚷嚷。「動作快，否則月亮之犬沉睡時我們還得待在這裡。」

「來了，貝塔。」

甜心性情大變並非幸運沮喪的原因，而是像他這樣地位卑賤的狗能夠享用到什麼食物？地鼠所剩無幾，剩餘的松鼠也都骨瘦如柴。史奈普吃完後，才輪到蒙奇。黑狗畢恭畢敬地取走老鼠和松鼠的腿返回他的位置，害怕會再次受罰似的。

「輪到你了，春天。」甜心打斷與費瑞的對話，發號命令。

狩獵犬春天的長相跟崔奇很相似，但她餓得虛軟無力，緩緩走上前享用食物，幸運盯著崔奇瞧。

「她是你的妹妹嗎？」他問。

崔奇點點頭。「當然，但是母狗向來有用處。」他似乎有口難言。「這是她在狗幫的層級高過我的原因。」

幸運試著不表現出同情，他明白崔奇不會因此感激他。「但是階級可以改變，不是嗎？你可以往上爬吧？」

「是啊，也會往下降級。」崔奇的口氣生硬。

幸運緊張地舔舔嘴，望著如今變得短少的獵物，身體抽痛，懼怕得要命。「要怎麼做呢？我是指艾爾帕怎麼決定階級？」

「你是指艾爾帕跟貝塔是吧。」崔奇咕噥道。「她提供首領許多意見。任何一隻狗可以藉由許多方式改變自己在狗幫的地位。如果做出不利團體或是魯莽的蠢事，陷狗幫於險境之中，就等著被降級。做出真正愚蠢的事或是違抗命令，遭降級算是走運。但是如果你的表現優秀，對狗幫做出有益的事，階級就會晉升。儘管可能花費一段時間。」他嘆了一口氣，耳朵下垂。「不過降級似乎比晉升容易得多。」

幸運不難想像。「能要求晉升嗎？」

「當然。這意味得單挑其中一個狗幫的同伴，這是為何我卡在現在的位置。我嘗試過幾場搏鬥……」崔奇感到後悔莫及並望著自己的瘸腿。「但是我從未打贏，我唯一能夠打敗的只有歐米茄，有誰辦不到呢？幸虧有他專做些粗活。噢，太好了！達特吃完，終於輪到我了。」

崔奇一跛一拐走向減少的獵物堆，開始吃起骨瘦如柴的松鼠以及剩餘的兔肉。等待的空檔，幸運偷偷瞥了一眼可憐的歐米茄，他站得老遠，渾身顫抖，是冷還是餓，幸運無從分辨。他替這隻可憐的狗感到遺憾，同時對於自己的位階以下還有個墊背深表感激。他內心感到罪惡，完全能夠體會崔奇的感覺。

他的心思回到他的同伴身上。如果貝拉也效法同樣的方式帶領狗幫，拴鍊犬之中誰會處於歐米茄的位置？不會是黛西，她十分聰明機伶。那陽光呢？想到陽光遭受如此對待，幸運不禁打了寒顫，她絕望地在野地求生，細軟的毛髮糾結。或者會是小艾菲？前提是艾爾帕沒有害死他。

崔奇吃飽之後，幸運走上前，鬆了一口氣。留給他的有一整隻地鼠，還有咬了一半的松鼠臀肉，雖稱不上什麼大餐，卻足以填補他餓得發慌的肚子。至於歐米茄將只剩下……瘦得可以的鼩鼱可吃。

幸運望著剩下的食物，帶著罪惡感吃著。他看見歐米茄悲傷的眼神時，嘴裡正咬著兔子的大腿骨，他用力咬下兔子前腿，偷偷推向那隻沒了氣息的鼩鼱旁。這點肉對他來說不算什麼，但是對歐米茄來說可就不同……

幸運的耳朵旁傳來咬牙切齒的聲音，幸運往後一退，差點掉落嘴裡的兔腳。

「下回，我會咬掉你的耳朵。」甜心在一陣緘默中發出咆哮。

幸運抬頭望著她，瞠目結舌，「但是……」

「狗幫不講同情，聽見沒？塡飽你的肚子。你是隻巡邏犬，如果因爲體力透支影響整個團體，我會咬掉你的耳朵。現在，不是塡飽肚子就是離開狗幫，明白嗎？」

大家的目光全集中在他身上，幸運聽見幾隻狗在竊竊私語，他們似乎感到不可置信。他聽見蒙奇嚷嚷道：「這是城市佬的作風。」

幸運急欲搜尋甜心的臉龐，尋找印象中的夥伴。她這麼做肯定是爲了狗幫的利益著想，但是她的目光卻冷酷無情。她絕對不是在說場面話，而是眞的會這麼做。

這說明了她如何在短時間迅速躍升至目前的位置。他們當初被關進收容所時，幸運完全沒見到友人殘酷無情這一面，顯然她學會如何利用這一點。

「你的同情並不會對歐米茄帶來任何幫助。」甜心帶著鄙視的目光望著那隻醜陋的小傢伙。

「我知道，只是……」

「看來你得好好上一課，城市佬。」

聽到甜心的話，其中幾隻狗偷偷竊笑，特別是蒙奇對幸運受到的羞辱感到樂在其中，或許是因爲這麼一來大家對他的負面印象會轉移至幸運身上。「對這隻可悲的狗寄予同情，分送食物給他，絕對無法幫助他在狗幫取得晉升，是吧？」

艾爾帕對甜心大表贊同地望著她，幸運內心既感到忌妒又感覺到羞恥。「我明白……貝塔。」他說。

「很好。如果沒有給他一個前進的動力，他絕對無法提升自己。是吧，歐米茄？」

小狗唯唯諾諾點著頭回答。「是的，貝塔。你說的對。」他帶著憤恨的眼神回望幸運。「我不需要你的同情。」

艾爾帕發出狂妄的笑聲。「歐米茄，這是你頭一次展現決心，這隻城市來的狗只會阻礙你，不是在幫你。」狼犬那雙令狗感到不安的眼睛望向幸運，他發現自己膽怯不已。「狗幫並未完全接納你，幸運。你最好切記這一點，從現在起遵守狗幫的規矩。」

甜心望著幸運，她的怒氣轉變成體貼。「他會謹守狗幫的規距，艾爾帕。我保證。」

這番話令幸運不再飽受責備，他十分感激甜心讓事情就此打住。幸運繼續吃完食物，不得不佩服甜心的能耐，在他的狗靈深處，明白甜心做得沒錯。她不僅僅只是強悍，而是爲了做到公平，對狗幫貢獻一己之力。畢竟，歐米茄不會因此挨餓，狗幫需要他從事低賤的工作。幸運感覺得到森林之犬會同意甜心執行如此野蠻的紀律，如此將驅使歐米茄努力往上爬。

但這些事並未讓幸運因此感到好過些。他的食慾沒了，嘴裡咀嚼著索然無味的兔肉，呑下帶著苦澀的食物。

「瞧他現在還要留什麼給歐米茄。」他聽見蒙奇說。

「這是他跟我們一起吃的第一餐。」史奈普的口氣平淡。「相信他很快就能學會我們的規矩。」

幸運嚥下食之無味的食物，納悶這支狗幫在某方面來說竟十分團結，儘管偶爾意見相左。史奈普並不全然為了他挺身而出，但是仍舊迅速向蒙奇指出他的不對。狗幫很有向心力，大家希望能夠達成相同的目標。

每個狗幫真是大不相同，幸運嘀咕著，忍不住想起貝拉及拴鍊犬。他們或許拙於獵食，在主人身上尋求安全感顯得可悲，但他們稱得上是一群真心相待的朋友，不願見到任何夥伴餓肚子。相反的，荒野狗幫全員望著歐米茄匍伏前進，啃噬剩餘的殘肉，為了將骯髒吃得澈底，而拖長了時間，甚至連骨頭也不放過，他們卻自顧自的在一旁閒聊。

幸運覺得自己並不隸屬任何一個狗幫，突然十分懷念那段獨行犬的日子。他真希望再次回到那個自由自在的生活，不必替誰承擔責任：沒有誰可以對他作威作福，他也不會對誰霸凌或是頤指氣使。他心中不忍地眼睜睜望著歐米茄飢腸轆轆地啃噬最後一根骨頭。

大家此時開始伸展四肢，起身，甩甩身體，舔著嘴角留下的血漬。歐米茄嚥下最後一口唾沫後，群狗重新圍成一個圓圈，遠離獵物堆放處，崔奇示意幸運上前。

幸運起身準備上前時，空曠地傳來一個新奇的聲音。他屏住呼吸，停頓下來，側耳聆聽時，先前的陰霾一掃而空。聲音似乎在他的胸腔迴盪，接著才迸發於空氣中。他抬起頭，毛髮直豎。

狗幫的所有成員一齊望向漆黑的天空，他們扯著喉嚨，發出高昂、狂放且不寒而慄的嗥叫。幸運瞪大了眼，看見歐米茄的嬌小身影掠過他的眼前。圓圈內兩隻狗讓出位置給他，小傢伙佔在其中的位置，對著星星仰頭長嘯。

幸運顫抖著身體步上前。與歐米茄一樣，圓圈讓出了一個位置給幸運，他發現甜心就站在他的身旁，細窄的頭望向天空發出嗥叫。

有那麼一刻，甜心保持緘默，拉長耳朵傾聽狗幫的呼號，她轉頭望向幸運，目光冷峻且嚴肅，完全不見她先前的傲慢。

「我們會在夜裡向神靈之犬發出呼號。」甜心輕聲對幸運說。「幸運，加入大嗥叫的行列，一起引吭高呼。」

這些字眼宛如靈界的力量在幸運的體內迴盪，充滿他的全身上下，而這股神祕的泉源必須釋放於空氣與天空之中，進入整個宇宙。他的背脊被一陣不知名的渴望與需求刺痛著。他朝著夜空仰起頭，跟著群狗一起嗥叫。

幸運望見圓圈之中，黑白毛色的月亮與三隻身材圓滾滾的幼犬就位在他的正前方。儘管幼犬僅張著半瞇的眼，但也打開小小的嘴，跟著朝向天空發出小聲的嗥叫。幸運從未見過他們高高仰起鼻子，內心忍不住一陣驕傲油然而生，想要保護他們的安危，於是他的嗥叫聲拉得更長，叫聲愈發宏亮，這麼做全是爲了狗幫的幼犬、歐米茄、甜心、艾爾帕與其他狗。

此時幸運頭頂的星星似乎開始轉圈、打散，重新排列成狗兒奔跑的模樣。不僅只有星辰，幸運眼底似乎還見到影子犬與其他狗掠過他的心頭。巨型獵犬鬼魅般的剪影在濃密林間細瘦的松樹枝幹間穿梭。其他的狗在洶湧河水中載浮載沉，沒有任何掙扎或溺水的徵象，形成奔流的一部分，迅速且喜悅。雲朵掠過清朗的天空，一隻凶猛細瘦的戰犬躍出，在雲層間跳躍，跟隨刺眼的白光前進，明亮光線刺痛雙眼。

一身傲骨的幸運知道身邊的群狗正向特定的神靈之犬發出嗥叫。月亮銀鈴般的高聲嗥叫，帶領她的幼犬盡其所能的呼應著他們的母親。幸運心想她嗥叫的對象也許是月亮之犬。棕白毛色的巡邏犬達特則向天犬發出嗥叫，激昂的叫聲似乎可以遠遠傳到地平線。費瑞低沉的隆隆吠叫宛如能夠震撼土石，蒙奇的呼號聲儘管尖細，卻充滿了對大地的情感，他們向地犬的呼號各有特色。

神靈之犬也呼應著他們。

幽靈獵犬是否掠過幸運的眼前？他猶豫地睜開眼，破除咒語，影像隨即消失。狗幫其他成員能否見到神靈？這點無從得知。他閉上眼，拉長且拉高嗥叫聲，似乎聽見回應來自他的體內，巨大的幽靈犬奔過內在的夢境之樹。

幸運彷彿覺得自己可以永無止盡地嗥叫，神靈之犬存在他與狗幫成員的體內，在四周的陰影間跳躍。

大嗥叫逐漸消隱，幽靈犬旋即消失眼前。幸運並不確定最後隱約的嗥叫聲是否被沉靜的夜晚吞噬，但他眨眨眼，彷彿自夢中甦醒，一個他不願結束的夢境。效忠狗幫的矛盾依舊在他的體內掙扎，他感覺到一股龐大、無法抗拒的拉扯力量一樣出現在狗幫成員身上。他完全遺忘不久前內心憤恨、羞恥的情緒。眼前這群狗是他的兄弟、姊妹，一起狩獵、捍衛家園的夥伴，他絕對不會離開他們，絕對不會……

畫面逐漸隱匿，然而靈體依附於腦海與內心的程度卻更強烈。儘管他們遵守著殘酷且嚴峻的紀律，但現在，幸運才見到維繫狗幫的那股力量。這也是頭一回，他能夠眞正體會甜心對他說的那番話。

大嗥叫的餘音令幸運感到暈眩，他默默走向巡邏犬的窩巢，見到達特與崔奇拖著疲憊的身體，進行例行的睡前儀式。舖滿落葉的休憩處距離空曠地不遠，他清楚知道敵人絕對無法輕易入侵，尤其是達特與崔奇負責留守，他們會側耳傾聽，目光閃著光芒。他相信沒有一隻狗膽敢越過他們，攻擊領袖以及他的狗幫和幼犬。沒有任何一隻狗這麼膽大包天……

幸運躺下來，把頭枕在腳上，耳朵留心任何危險，目光望向濕軟窪地，遮蔽的林間空地是艾爾帕的休憩處。狼犬蜷縮著身子依偎著甜心，巨大的尾巴貼近她細瘦的臉龐。

忠誠與保護弱小的心在幸運內心左右搖擺，他感覺到並非同伴之愛令他感到頸背高聳……而是尖刺如獠牙的忌妒感正啃噬著他的心。

第十二章

張牙舞爪、啃咬、撕扯……

傷重的狗兒發出尖聲吠叫……

彼此征戰發出嗥叫，尖牙利齒穿透身體。

雙方領袖如幽靈般彼此發出憤恨的嗥叫，下令狗幫成員互相撕咬、殘殺……兩軍彼此廝殺、拉扯，驚擾地犬。銳利尖牙咬住幸運的耳朵，像是甜心曾經對他發出的威脅，他感覺到自己的耳朵像要被撕裂般。當他轉身捍衛自己，卻只見到眼前漆黑一片，只感覺到臉龐遭鮮血噴濺。沒有敵人與他對抗，沒有爲生存而戰的必要。

徒留下原始野蠻的憤恨……

雷霆之犬。

幸運嚇得驚醒，發出咆哮。啃咬他的不是令狗心生恐懼的幽靈，而是崔奇。棕黑毛色長耳狗的瘸腿緊靠在他身邊時虛弱地顫抖著。

「醒醒，幸運，輪到你留守。」

幸運起身，四肢仍顫抖不已。他試著深呼吸，撫平內心的恐懼。沒有任何征戰，也沒有噬血的殺戮，只有同一片森林窪地，他連續在此待上五個夜晚。四周林地一片寂靜，只有枝椏與甲蟲及其他昆蟲發出的窸窣聲響。

「快去吧，幸運！」崔奇口氣堅定。「我得補個眠。」

幸運伸展四肢，甩動身體，讓疲憊不堪的崔奇躺下來休息。「我從沒自己留守過，你確定不會有問題……」

「貝塔說你準備好了，她還說你現在是我們的一員了，應該對狗幫展現你的承諾。」崔奇的口吻帶著肯定。「她既然相信你，這意味我們也是。」

幸運低聲吠叫表示欣慰。「我應該巡邏的範圍在哪？誰跟我一起去？」

「我們在夜裡都是單獨留守。」崔奇回答。「你只要在營地周圍巡視，仔細查看是否有任何威脅存在。既然是單獨留守，最好四處走動，別停留在一處太久。」

幸運才剛大夢初醒，仍處在矇矓昏睡的階段，他緩緩走向空地入口。儘管疲憊不堪，他依舊慶幸自己從噩夢中被驚醒。他忍不住對甜心的信任感到驕傲。他加入荒野狗幫不過四個太陽之犬的週期，卻已經擔負起守衛整個狗幫的重責大任。

他絕對不會讓他們失望。

就在幸運如此認知的當下，突然一靈感有如當頭棒喝。在矇矓昏睡的狀態下，他完全遺忘潛入荒野狗幫的眞正原因。每天入夜後，大嗥叫影響他，矇蔽他的心，將他與狗幫緊緊相連。早晨醒來，依稀記得自己內心的震顫，記憶總伴隨著一股羞恥與厭惡感。過往的一切如此輕易就被遺忘，他受到了蠱惑，感覺自己是荒野狗幫的一員，直到永遠。

羞恥感卻伴隨每天到來日漸減少。

不！他想起自己並非這個狗幫的一員。他有任務在身，現在該是他執行任務的時候。雖然並未掌握通風報信的最佳時機，向貝拉指出荒野狗幫的弱點，一旦他離開這裡，就別想再踏進一步。永遠回不來了。

荒野狗幫絕對不會想到他是個叛徒。

幸運從頭到腳用力甩動身體，他不該為此感到悲傷與後悔。崔奇與達特會懷念跟他一起巡邏的時光。不知道他們對他作何感想，至少，他不必再面對他們其中一個，甚至包括甜心……他內心不禁悲從中來。

幸運惱怒地甩開這些想法，他不能讓貝拉和其他同伴失望。他最後回望那一片寂靜、陷入睡眠狀態的營地，然後潛入樹影幢幢的森林裡。

後會有期，他在心裡默默對他們說。**抱歉這樣對待你們……**

月亮之犬高掛夜空，幸運小心翼翼地穿過矮樹叢與樹木，暗自納悶貝拉不知是否待在約定的地點。他不得不承認如果她已經離開那裡，會令他鬆一口氣。或許過去幾天夜晚等不到幸運，貝拉已經放棄繼續等待。他大可過著獨行犬的日子……或者返回荒野狗幫。

他來到一大片空曠地，聞到了長爪的氣味，這裡充斥著大火肆虐過後以及食物燒焦的味道，一如貝拉描述。他見到形狀怪異的桌子與板凳，灑滿銀色月光。其中一片留有釘子和裂隙的木板翻轉過來，幸運見到縮成一團的黑影微微蠕動，身體隨著呼吸上下起伏。

原來是貝拉與麥基緊緊相依陷入熟睡。幸運靜靜走向他們，輕輕舔舐他們的臉龐。

「貝拉？麥基？」

他倆倏地驚醒，跳了起來，頸背高聳，發出咆哮。幸運見到他們瞪大了眼，目光炯炯有神。

「是我，幸運。」

貝拉與麥基同時鬆了一口氣。他們搖著尾巴，輕聲叫嚷著，與幸運彼此舔舐。他很高興能再見到他們，打從他離開同伴加入荒野狗幫之後，彷彿過了一世紀那麼久。他才驚覺自己有多麼思念妹妹，憐惜地蹭蹭她的耳朵。

「很高興見到你們安好。」幸運小聲說。「布魯諾與瑪莎復原得如何？」

貝拉似乎猶豫了一會兒，但是麥基卻搖搖頭，口氣顯得生硬，「不怎麼好。我們讓他們吃最營養肥美的獵物與乾淨的飲水，情況卻沒好轉。」農場犬的雙眼下垂，彷彿覺得告訴幸運這件壞消息令他感到羞赧。

幸運內心一沉。如果同伴的身體沒有復原，根本無法吸收食物與飲水，對比荒野狗幫分配給他的食物份量微不足道，更令他怨懟，至少，他還嚥得下食物……

他再度因爲自己動搖的忠誠而感到罪惡。「抱歉，花了幾天時間。我直到現在才有機會離開，總是有巡邏犬負責留守。」

「我們明白。但是河川的有毒物質不斷往下游擴散，」貝拉默默陳述。「獵物的數目少的可以，我猜想獵物早已遷徙至他處，遠離有毒的水源。每回老天下起雨，我們總得迅速離開洞穴，以防被河水淹沒。我不能冒險讓大家沾染任何有毒物質。」

「這個想法沒錯。」幸運舔舔她。「但想必困難重重。」

「求求你，幸運。你一定找到潛入湖邊的方法了吧。」貝拉抬起閃著光芒的眼神凝視著他。

「是的，我找到了。」幸運爲了麥基與貝拉強打精神。「聽著，荒野狗幫依舊不願意跟你們一起分享水源。」

「但是……」

「等我說完。我發現一條通往湖邊的路徑而不被對方發現，以及前往該處的最佳時機。我們得繞遠路沿著一條溝渠前往湖的另一頭，我會告訴你們怎麼走。巡邏犬不會到那麼遠，如果夜晚平靜無風，不會將我們的氣味帶向他們，我認為我們應該可以安全喝到水。」

「你認為？」貝拉一臉狐疑，麥基則看似憂心地望著她。

「入夜之後出發。」幸運繼續往下說。「這個時間不僅適合行動，昏暗光線形成最佳掩護，而且適逢狩獵犬返回荒野狗幫的時候，眾狗會齊聚一起，依次享用晚餐，沒有狗兒出勤巡邏。」

儘管他說不出個所以然來，但他不想提起大嗥叫的事。或許是因為這個想法提醒他隱藏在心底深處渴望加入狗幫的痛苦……

麥基抓耙著地面，貝拉則是緊蹙眉頭。「我不確定布魯諾跟瑪莎能夠行動。」她說。

「沒關係。」幸運說。「我們可以帶領身強體壯的狗前往湖邊，替身體虛弱者帶回乾淨的飲水。明白嗎？」

兩隻梧鍊犬彼此交換眼神，幸運覺得不對勁，卻不知道原因為何。麥基將樹葉堆成一堆，看似漫無目的的動作，卻讓他有事可做。貝拉則是抬頭望向頭頂的星辰，像是專注在搜尋著兔子星或是其他母親在他們小時候提及過的星座。

「你們不知道這次能回來我有多高興。」幸運自己也感覺到這份喜悅。「我很想念大家！」

「幸運？」貝拉抬起眼望著幸運，大嘆一口氣。「你不該在這時候回來……還不到時候。」

「什麼？」他大吃一驚。「但是我找到接近水源的方式……」

「不。」貝拉態度堅決搖搖頭。「你做得很好，幸運，難道你沒看出來嗎？荒野狗幫現在很信任你，你可以在大家不疑有他的情況下溜出來。我們再想想其他辦法！再跟他們混久一點，幸運，爲了我們。」

幸運盯著貝拉。一想到自己背叛了荒野狗幫逃走卻又返回，不免覺得既羞恥又充滿罪惡感。要是對方發現他失蹤？他不敢想像自己得向艾爾帕或甜心解釋原因，她出於信任，讓他負責看守營地。她會不會因爲他的緣故而遭受處罰？

話說回來，他的確想再見到甜心，並非僅僅爲了貝拉及同伴們的原因。

我能夠再度參與大嗥叫……感受天犬與地犬的力量。感覺到掌控了自我與命運，而非漫無邊際四處衝撞，一心只想著活著這件事。

幸運一想到此不免難過的毛髮直豎。少了他，栓鍊犬有辦法活下去嗎？他的妹妹變得更加強壯與充滿自信，他看得出來，但是單憑她的歷練，對周遭的一切仍不甚瞭解，更別提荒野狗幫的生存之道。他們少不了他。

「好吧。」他最後開口說。「我會回去，但是貝拉……」

「怎麼了？」妹妹的聲音不由得提高。

幸運搖搖頭。「沒什麼。我只是要你知道，我一點都不喜歡這樣。」

幸運轉身離開時，看見了貝拉與麥基的臉龐閃過一絲罪惡，但他只是聳聳肩膀，不在乎是否有誰可以分享他的痛苦。

月亮之犬準備於白晝入睡，太陽之犬將會取而代之出現於地平線。幸運內心感到不安，急著趕回營地以免被發現。他每走幾步便停下來傾聽與嗅聞。一有任何巡邏犬的跡象，他會立刻拔腿狂奔回到貝拉身邊。對於自己整晚的怠忽職守，幸運找不到藉口向艾爾帕交代。

鳥兒在幸運頭頂的枝椏啁啾，其中一隻鳥振翅而飛。幸運停下腳步，心臟快要跳出來，鳥兒跟著靜止不動。四周寂靜無聲，沒有任何吠叫或是出於驚動、惱怒的嗥叫。他靜靜地往前走，留意到身上沾染著一絲氣味，認出是貝拉的味道後，他感到不寒而慄，其他狗怎會沒察覺到這一點呢？

他跳進腐爛的枯葉爛泥堆裡打滾，直到貝拉的氣味澈底消除。最後，他抵達荒野狗幫營地的外圍，內心忍不住感到震顫，然後靜靜靠近，不去驚擾任何一隻狗。

安靜無聲。幸運返回入口處的崗位，及時見到春天伸展四肢起身，打著呵欠迎接曙光，長長的棕黑色耳朵豎起，皺縮著鼻子，嗅聞周遭的一切。幸運偏斜著頭，仔細留意她步上前來，舔舔他的耳朵。

「有碰上麻煩嗎，幸運？」她小聲問。

「沒有。」他說謊。**只有我給自己招惹的麻煩……**

「去睡一會兒吧。」春天坐了下來，眼神掃過遠處的森林。「我會仔細嗅聞周遭的一切。」

「有任何異狀嗎？」幸運問。

「不算有。」她回答。「只有蠢狗才敢在我們頭上動土。」

「我想你說的對。」春天離開時，幸運這麼回她。他在柔軟的青苔上進行例行的睡前儀式，待在自己的窩巢望向天空，希望天犬聆聽他的禱詞。

抱歉，我成為一隻違反紀律的狗，但是我的朋友需要我……

他躺臥下來，闔上眼，但睡意拒絕造訪，也難怪月亮之犬無法諒解他，噢，森林之犬，請向祂解釋我的苦衷。

還是無法進入夢鄉。此外，每回他閉上眼，雷霆之犬在遠方發出隆隆聲響的噩夢便揮之不去。夢境中，究竟該效忠哪一方狗幫的矛盾彼此啃噬，他明白此時是無法入睡了。但是歷經夜間的巡邏之後，他仍在營地內走動，唯恐引起其他同伴的起疑。幸運覺得自己最近已經扯了夠多的謊言。

這就是他一向喜歡獨來獨往的原因，有誰能夠禁得起這麼多矛盾的拉扯？效忠其他狗簡直是個詛咒，他感到有苦難言，忠誠不是一時半刻能建立起來的。天犬怎能讓他這樣的獨行犬奔波於兩個狗幫之間，同時又不歸屬於兩者？

宛如大咆哮將整個世界傾覆，他心想。

太陽之犬在地平線探出頭，金色的光芒照亮了整座森林，松樹的樹皮也染成了紅銅色。現在可不能睡覺了，幸運忍不住嘆了一口氣。

反正他也不想再繼續躺著。要是這樣，思緒肯定更加混亂。他要如何讓自己脫身而不去背叛或是令他關心的同伴感到失望呢？

第十三章

「等等！」達特大喊。「大家別動！」

幸運抬起頭，豎起耳朵，仔細盯著達特瞧，她渾身毛髮直豎，正在嗅聞空氣。她露出尖牙，這讓幸運渾身感到不自在。

有時，幸運覺得達特有意製造麻煩，如此一來她才有機會向對方發出咆哮或是大戰一場。她的脾氣可眞是火爆。

大白天巡邏處一覽無遺，感謝天犬，因爲幸運知道自己疲憊不堪，禁不起任何要命的突發狀況。但是達特卻像在一片視野開闊的平原中察覺到什麼不對勁。幸運只見到起伏的草地，一路向著遠方漆黑的森林延伸。

「怎麼回事？」他問。

「我不知道。」達特再次急切嗅聞空氣。「事情不對勁。」

崔奇也跟著沉默，到處嗅聞達特覺得不對勁的地方。幸運跟著崔奇走近達特，希望達特的發現與貝拉的狗幫無關。他不確定貝拉在沒有他的指示之下是否會做出什麼蠢事來。要是他們急著獵捕食物而誤踩進艾爾帕的地盤該怎麼辦？

幸運突然停頓下來，高舉其中一隻腳。此時，他貼近達特，同樣嗅聞到某種奇怪之處。不一會兒，他就辨認出土石翻過、金屬與動物毛皮的氣味……以及長爪經常以氣味濃烈的液體所餵養的……籠車！

但這可不是普通的籠車，他偶爾會在城市裡見到這樣的龐然大怪。牠們的氣味與普通小籠車不同，外型更加龐大、更具威脅性。幸運曾見過牠們吃掉了整條路，吐出黑色的土石，再經由碩大且笨重的滾輪壓平。

「等等，達特，我知道這是什麼！」

達特狐疑地望著他，接著潛入他的身旁。「什麼東西？」她小聲說。

「那是籠車的氣味，不過是大體形。」

達特朝後一退，雙眼閃過恐懼。「籠車？呃，牠們與我們不相干，我們繼續巡邏，盡量避開這東西。」

「牠們並不會對我們造成威脅，尤其是有著大牙的籠車。」幸運對她說。「牠們太過龐大，雖然礙不著我們，但我們應該去瞧瞧牠們在做什麼。」

「不。」達特大喊。「我們何必在意這些籠車在這附近出沒？」

「因為牠們可以輕易壓死一隻狗。」幸運對他們說。「就連速度最快的狗兒也跑不過籠車。」

「也許貝塔就辦得到。」崔奇站在他們身邊說。「她的速度無人能及。」

「就連她也辦不到。」幸運解釋。「我們這時候應該更小心謹慎。」

「我從未見過籠車。」崔奇的身體不住顫抖。「更沒聽過這玩意兒還有巨型款。」

「你當然不會聽過。」達特打斷他，她的情緒顯得十分激動。「你跟春天生在荒野，但我幼時住過大城市，見識過籠車巨大的破壞力。我其中一個手足還因此……」達特渾身顫抖。

或許達特說的對，幸運心想。他們應該避開籠車這個龐然大物，但這玩意兒怎麼會出現在這個荒地？難道是長爪想要搭建嶄新的城市取代慘遭破壞的大城嗎？果真如此，就應該通知其他狗，才有足夠充裕的時間離開。

「很快，瞧一眼就好。」幸運承諾。「艾爾帕會要我們前往探查。」

這個理由足以說服他倆。他們躊躇不前的跟著幸運循著味道前進，這一點都不困難，因爲籠車散發的味道十分濃烈刺鼻。當他們登上高處，望見腳下延伸的平坦濕地時，幸運幾乎受不了這個味道。

一輛黃色的巨大籠車正停在翻動過的地面上。車輪痕跡隨處可見，四周都是被翻起的泥土。籠車旁還停著另一隻巨獸，前方有長長的突出金屬物，一半插進了土裡，像是在追捕地犬。眼前這一幕令幸運渾身發抖。

當然，這地方也少不了長爪的身影，牠們身著怪異的鮮黃色毛皮，幸運先前曾在有毒河水邊見過。

「快後退。」幸運警告崔奇與達特，但這根本是多此一舉，因爲他倆早就退到樹林。「這群長爪來者不善。你說的對，達特，不管牠們有何打算，對我們都不利。」

這回崔奇卻鼓起勇氣，以長長的草叢做爲掩護向外張望。「瞧瞧那排金屬巨齒。」他小聲說。「牠們正在啃噬地面，追捕地犬呢。你們覺得牠們是否正要做出傷害地犬的事？」

說。

「如果地犬受到傷害，祂會讓我們知道，再度發生大咆哮。」達特說。

「要是牠們殺死地犬呢？」崔奇問。

「我不知道。」達特打斷他。「但幸運說的沒錯，我們現在最好離開。」

「但是我們必須找到更多眞相才能向艾爾帕報告呀，我們對狗幫有責任。」

崔奇態度固執，眼神堅定。幸運嘆口氣，感到不悅與無奈。或許這隻跛腿犬是想要在艾爾帕面前居功，藉此提升自己的地位。然而就幸運看來，機會十分渺茫：高階狩獵犬最重視的莫過於速度跟力量，就連經驗與技巧略遜於費瑞和史奈普的蒙奇與春天，都不會把崔奇看在眼裡。但是崔奇突發奇想，他認爲巨型籠車的行徑怪異，就連長爪也一樣，所以他有責任查看牠們究竟在搞什麼把戲。

目前還看不出來牠們究竟在做什麼。巨型籠車站在一旁，安靜無聲，長爪們則從容在四周走動，不時簡短交談，查探翻動的土地。其中一個長爪手裡拿著一個盒子般的玩意兒，這東西看來十分重要，因爲牠不斷碰觸、盯著它瞧。幸運豎起其中一隻耳朵。

一群長爪似乎只是站著、彼此交談以及翻動土壤，偶爾盯著盒子看。就在幸運認爲沒有其他異狀時，其中一個長爪走向巨型籠車並坐上它。安靜一會兒之後，籠車開始發出聲響，那聲音十分震懾狗心，就連地面也跟著顫動。

幸運叫了一聲，蹲低身子，崔奇與達特也跟著照做。長爪這麼做難道是想引發另一場大咆哮？籠車發出的聲響震耳欲聾，幾乎掩蓋掉其他聲音。翻動過的潮濕土壤氣味以及令人不安的籠車味道掩蓋過其他。幸運恨透了除了籠車以外，他什麼都聞不到。

「我們必須離開這裡。」他朝夥伴大聲吠叫。「我們在這裡什麼也看不清、聽不見！」

「好！」崔奇回應。達特已經向後奔逃，眼神閃著恐懼。

灑在他們身上的陽光消失無蹤，彷彿一道烏雲遮掩住太陽之犬。幸運的感官頓時全都失去了作用，原以爲頭頂突然出現的陰影出於想像，這才發現那道陰影……他倏地轉身，身後的長爪正朝他而來！

幸運頸背的毛髮豎起，盡可能大聲吠叫，但是眼前的長爪和城市那面對陌生狗有冷酷無情的心一樣，毫不留情準備朝他下手。達特與崔奇聽到了幸運發出的吠叫聲，也同聲吠叫，模仿幸運齜牙咧嘴，耳朵服貼，此時卻湧入更多的長爪。這些長爪與大型籠車旁那群長爪是朋友嗎？因爲牠們全都身穿同樣的毛皮，只不過從反方向來。牠們的臉龐漆黑一片，看不見眼睛、鼻子或是嘴巴。身披同樣鮮黃色的毛皮。

更糟的是，每個人都攜帶一隻長鐵杆。

幸運不禁感到毛髮直豎，覺得自己深受威脅。他渾身感到恐懼，身旁的同伴不住地顫抖、咆哮。三隻狗接連發出凶猛的吠叫，但是長爪絲毫沒有停止的意思。

「快咬他們！」達特大喊。「咬啊！」

「不，我們不能這麼做！」幸運嚷嚷道。

「瞧瞧那長杆！」

「如果我們咬了牠們，牠們會用它來對付我們！」幸運大喊，試圖喚回他們的信心，但是長爪不管如何都會這麼做。

另一個聲響劃過空氣，聲音比起震耳欲聾的籠車還要尖銳。這回，輪到長爪們怔住，牠們站在原地，抬起頭十分吃驚。這是個狂野、不寒而慄的嗥叫，充滿邪惡與死亡的氣味。霎時，幸運聞到了長爪的恐懼穿透牠們身穿的鮮黃色毛皮傳了出來。

這也難怪，這嗥叫聲就連幸運聽見也不免害怕，但他知道自己無所畏懼，尤其是對自己的艾爾帕。

周遭陷入一片寂靜，連籠車也跟著安靜。風中飄著幾片落葉，落在長爪不見五官的臉龐。嗥叫聲再起，顫慄地迴盪在空氣中，這下子長爪們開始環顧四周，轉過身，急忙搜尋這備感威脅的聲音究竟來自何處。其中一隻長爪不安地大聲喊叫，但是幸運分不清是哪一個。

長爪們感到困惑不安，這是他們的大好機會……

「現在！」幸運大喊。

他們三個奮力往前衝，躍過目瞪口呆的長爪，一路朝森林狂奔。幸運聽見長爪的叫嚷，但他頭也不回沒命地往前跑。他有把握牠們絕對不敢追進樹林，尤其是聽見那個令人不寒而慄的嗥叫聲之後。

一等他們全來到森林後才緩下腳步，崔奇與達特緊跟在後，幸運氣喘吁吁，心跳加速。達特尚未從驚嚇中回神，崔奇則是喘著氣說，「艾爾帕眞行，給牠們點顏色瞧！」

的確，幸運心想，就連他也大感佩服。他環顧四周，目光穿過樹林，卻未見到領袖，也不見長爪的蹤影，艾爾帕的嗥叫聲嚇跑長爪，牠們甚至連他的模樣都沒見到。

幸運慶幸他們逃出長爪的魔掌，欽佩新領袖展現的影響，然而他與同伴們小心翼翼地穿過不熟悉的森林時，喜悅之情頓時減少。接近營地後，幸運卻感到腹部一陣翻攪。

誰膽敢吃了熊心豹子膽，惹毛兇殘且脾氣暴躁的狼犬？就一隻正常的狗來說，誰會想要處心積慮矇騙且背叛艾爾帕？

沒錯，幸運確實這麼做了。

第十四章

幸運忍不住發抖，一等他與崔奇和達特抵達營地後，艾爾帕用他那兩隻不同顏色的眼睛盯著他瞧，狼犬尾巴的末端微微抽動。

幸運不禁納悶狼犬知道多少？他的嗥叫聲出現的時機究竟是出於巧合，或是有心營救？

幸運感到疲憊不堪，一心只想要倒頭就睡，一覺到天亮，但他們還得向上級呈報。

「怎麼回事？」艾爾帕拖長了音調，喉嚨發出顫音。

出於恐懼與奔跑之故，達特依舊氣喘吁吁的。「是長爪，艾爾帕。還有我看見好大的籠車呢。」

「籠車？」費瑞驚呼。幸運無從得知這隻身強體壯的狗究竟是害怕，還是在思索要如何獵捕敵人。

「就像一個移動的房子。」達特繼續往下說，幸運看見崔奇很快向春天使了一個眼色，他同樣出生荒野的手足顯然不明白「房子」是什麼。

「幸運知道怎麼解釋。」

艾爾帕藍色與黃色的眼睛望向幸運。「他知道？噢，我也知道籠車。齷齪、危險的畜牲。」

「我曾在大城市裡見過這些大籠車，艾爾帕。」幸運說，他的目光下垂，語氣帶著尊敬。「牠們可不是普通的籠車，可以吃掉整條路當晚餐。還有……」

「還有什麼？」艾爾帕的舌頭猛舔著下顎。

「我不是十分確定，牠不像籠車，反而更像巨大的獠牙，啃噬地面。」

「沒錯，艾爾帕。」達特附和。「還有那些長爪跟我見過的不一樣。」

「我見過。」幸運低聲說著。「大咆哮發生時，牠們就在附近出沒，數量龐大。我想牠們與籠車的出現很有關聯。」

「牠們身穿鮮黃色的毛皮。」崔奇渾身發抖。「臉龐一片黑，看不見眼睛和嘴巴。還有牠們不像從前那些長爪那樣怕我們，牠們手握長杆想要獵捕我們。」大家面面相覷，歐米茄恐懼地耳朵服貼，蒙奇退後幾步靠近費瑞，頸背毛髮豎起，喉嚨發出低吼。

達特步上前，突然提高了音量說：「但牠們卻怕你呢，艾爾帕。」

「那還用說。」狼犬非常得意。「你們知道要跑算你們聰明，千萬別靠近那些長爪。你們表現得很好，但是……」他把頭緩緩轉向幸運。「冒著被捕抓的危險卻十分不智，別再犯同樣的錯誤。」

幸運忍住不回嘴，他的眼睛短暫與甜心交會。她站在艾爾帕身邊，一臉嚴峻。幸運試圖尋找印象中可親的甜心，卻找不到。他伏躺在地。「遵命，艾爾帕。」

狼犬打了一個大大的呵欠，眾狗全都看得見他的大白牙。「長爪老是喜歡侵占狼群的地盤，破壞大自然，翻動大地，剷除地面一切動植物。或許牠們會到這兒來跟從前一樣撒野，我們得提高警覺。」

「艾爾帕。」

幸運看著他的領袖眨眨眼，他只能短暫一窺狼群的世界，艾爾帕的話令幸運再三思考，他忍不住對這群陌生的野生動物感到好奇。他納悶艾爾帕爲何離開狼群，選擇跟狗兒一起生活？這是出於他的選擇嗎？或者，是他被逐出了狼群？狼群視他爲低賤的「半狼半犬」，幸運一點都不感到驚訝。

但是他哪敢質疑狗幫的領袖。相反的，他趴低了身體，豎起耳朵。「不知您怎麼知道我們身陷險境，但您發出的嗥叫的確讓我們有機會逃走，感謝您。」達特與崔奇跟他一樣趴躺在地，眼神凝視著領袖。

艾爾帕並未立刻回應，也未向幸運解釋原因，只是冷冷地望著幸運，尾巴微微拍打地面。

接著，他鄙夷地移開目光。「那個呀？算不了什麼。我不過是張嘴發出嗥叫罷了，這是我成爲狗幫艾爾帕的原因，城市佬。」幸運身後的蒙奇輕蔑地笑出聲來。

幸運感到些微羞赧，他起身，伸展四肢，甩甩身體。他眞想一口咬住艾爾帕，但這麼做愚蠢至極。狼犬難道就不能接受他者對他的感謝就好？幸運不過是想要表達內心的感激之情，領袖在千均一髮之際解救了他們，免遭長爪攻擊。他表現得畢恭畢敬，甚至卑躬屈膝。然而，艾爾帕只以傲慢做爲回敬。

幸運覺得自己像個蠢蛋，他贏不過對方。艾爾帕的傲慢簡直到了難以容忍的地步，令他不斷處於崩潰的邊緣。不論有無大嗥叫，他不願這樣活著。

艾爾帕再度闔上眼，對一切漠不關心，龐大的身軀繼續虛軟地趴躺在石頭上。顯然，對上級的呈報已告一段落。崔奇與達特則早已吸引一群好奇的聽衆，聆聽他們訴說聳動的長爪與籠車故事。

「你們肯定不相信籠車的大小！」

「還有牠發出的聲音。」達特用力搖搖頭。「你們肯定沒有聽過！」

狗幫的狗兒們喋喋不休地討論著對他們來說新奇卻又危險的事物，七嘴八舌的言論，彷彿在嬉鬧。「籠車的破壞力有多大？我們有辦法對牠們造成傷害嗎？長爪眞的鑽進牠們身體裡了？」

幸運知道不久就會輪到他回答，他不喜歡成爲注意力的焦點，於是偷偷越過空地，來到細瘦白樺樹下一方溫暖的陽光處。

記住這個感覺，幸運，你不會永遠待在狗幫。

從現在起，他必須善用時間。巡邏進行得十分順利，但是巡邏犬這個身分令他過度鬆懈，對一切失去警戒心，這並非他加入狗幫的原因。如果他想對狗幫及其領袖有充分的瞭解，就必須想辦法晉升至狩獵犬的位置。

幸運把頭枕在腳上，望著狗幫的同伴們，不由得嘆了一口氣。崔奇在長滿草的河岸邊伸展四肢，碰巧太陽之犬的光芒透了出來。達特則是跑去探望月亮，開心地嗅聞動作笨拙的幼犬，此時他們的眼睛已經可以完全睜開了。大塊頭小傢伙跌落在妹妹身上，月亮十分有耐心的把小傢伙扶正。

「扭蛋，小心。」月亮喊道。小狗搖搖擺擺，仆倒在達特腳邊。棕白色快腿犬慈愛地蹭蹭他。

費瑞躺臥在蒙奇身邊，懶洋洋地朝歐米茄發號司令，而他則唯唯諾諾地聽命行事。

這一刻的狗幫生活在幸運眼裡格外井然有序、安適自在。每隻狗都能夠各司其職，這對狗幫來說或許是件好事，卻非幸運所要。他得設法晉升自己的地位，贏得艾爾帕的信任，說服那些栓鍊犬不會對他們造成任何威脅。他可沒有時間默默等候晉升，等待其他狗因爲犯錯而降級。他忍不住背脊一陣發涼。如果我待在這裡愈久，就愈會感到安逸而不想離開，說不定還會把這裡當成自己的依歸。

他必須完成當初前來的使命，而且愈快愈好。只有一個辦法能夠辦到，他必須挑戰狗幫裡其中一隻狗，在爭鬥中擊敗對方，取而代之。

幸運嚥了嚥口水，他該挑誰作爲挑戰的對象？

費瑞正朝窩巢走去，月亮依舊守在幼犬身邊，幸運的目光跟隨著他。這隻體型碩大的狗不但食量驚人而且力大無窮、肌肉結實健壯。幸運不可能挑戰他而且獲勝。

蒙奇呢？他思索著，幸運豎起耳朵，仔細盤算。他認爲自己應該能夠擊敗蒙奇……但是這隻長耳黑犬一開始就對幸運抱有的敵意並未減輕，根據對方老是跟他唱反調的情況判斷，他肯定會認眞看待這個挑戰，絕對不會讓自己輕易被一隻「城市狗」擊倒。幸運認爲這將是場硬戰，而他目前禁不起任何傷害。

越過空地，年輕的棕白犬史奈普正在窩巢裡做日光浴，她正四腳朝天曬著太陽。如果幸運記得沒錯的話，她是狩獵犬，位階高過蒙奇。而且她跟幸運的怨懟沒有這麼深，不打殊死戰，就算擊敗幸運，他也不致於身受重傷。

還有，她的體型比幸運嬌小。

如果只讓這些想法在腦海空轉，肯定成就不了大事。於是幸運起身，小心翼翼地伸展四肢，抓耙長了青苔的地面，測試肌肉的韌性，並未感受到疼痛。接著他站起身，甩甩身體，下定決心，走向甜心。

甜心站起身，一臉驚訝，朝他嗅聞。「怎麼回事，幸運？」

他微微伏首以表尊敬。「我想要單挑，貝塔。」

甜心坐了下來，優雅地抬起後腿抓搔她的耳朵良久，然後筆直端坐，凝視他的眼睛。「很好。」她簡短說。「你選擇誰做爲單挑的對象？」

「史奈普。」幸運告訴甜心。

甜心的眼神和緩許多，散發喜悅的光芒。

「祝你好運。」她帶著笑容，站起身，轉身面對空曠地。「同伴們，我有事宣布！」

大家臉上莫不帶著驚訝與好奇，一時間緘默，望著甜心，豎起耳朵、搖著尾巴傾聽。

「城市佬幸運準備挑戰狩獵犬史奈普。」甜心簡單宣布。

史奈普睜大了眼，走到她的面前。「是嗎？」

幸運從甜心身旁走上前，朝史奈普禮貌性點點頭。

她的提高了聲音。「你可真是猴急呢，新來的。」

有這麼明顯？幸運不禁納悶，他聽見營地另一頭傳來竊笑。「城市佬肯定活得不耐煩了。」是蒙奇。

幸運無視蒙奇，逕自對史奈普說。「我想要晉升自己的位階，現在就開始。」

史奈普輕聲回答。「你不會晉升太快，但是每隻狗都有機會嘗試。」

幸運回望，看見艾爾帕顏色不一的雙眼中透著一絲嘲諷。艾爾帕的位階高過眾狗，幸運再清楚不過，這個小挑戰對他來說不足為奇，充其量只帶有娛樂效果。

「我接受挑戰。」史奈普起身，站在幸運面前，她的肌肉結實、線條分明，露出白色的牙齒。

她的眼神明亮、果決、無所畏懼，幸運頓時覺得自己是否過於自不量力，但是現在後悔也來不及了。而且，這是他應該承擔的風險，於是跟著露出牙齒，頸背僵直。

甜心步上前，尾巴高舉，仰起頭。「單挑開始前，你們明白結果如何吧？如果幸運獲勝，他便晉升為狩獵犬，取代史奈普的位置？」

幸運回答，「我知道。」

史奈普同時回應。「絕對不會發生！」

「願天犬為你們祈福！」甜心一板一眼說。「公平爭奪，結果令神靈之犬滿意。戰鬥結束後，我們仍同為一個狗幫，誓願保護狗幫！」

就在幸運覺得甜心這番開場白太冗長時，快腿犬已結束談話。

感謝天犬，她終於住口，他心想。**真是夠了**！

「等候我發號指令。」甜心步上前，端坐下來，望著雙方良久。「現在……開戰！」

他們往前一撲，朝彼此的弱點，眼、耳、鼻等處抓耙。棕白毛色的史奈普速度迅雷不及掩耳，她的耳朵往前豎起，尾巴蜷縮在身後，朝幸運衝撞，差點令他喘不過氣，接著雙方開始一陣扭打。幸運認為對方採取先發制人的手段，但是這招行不通。幸運取得優勢，率先起身，朝對方猛撲，將她制伏住。

史奈普接著起身，此時她更加謹慎應對。幸運體型比她高大，一旦站上至高處便取得優勢，從上朝下方一撲，咬住她的尾巴。

「留心他的卑鄙伎倆，史奈普！」蒙奇從旁提醒。

史奈普的速度也不容小覷，她被幸運壓制在地時齜牙咧嘴，準備朝幸運的身體一個勁兒咬下去。幸運及時閃過，感覺身體受了點皮肉傷。史奈普一個轉身，回到原來的位置，迅速鑽到幸運身體下方，準備發動相同的攻勢。圍觀的眾狗們一陣歡呼叫好。「幹得好，史奈普！」費瑞替她打氣。

幸運厲聲猛撲，將史奈普驅離，接著向後彈開幾步。史奈普動作敏捷，令人吃驚的是她有個強壯的下顎，比起幸運原先所想的還要難纏，但也正如幸運所想，她並不比蒙奇兇狠。

她無意在打鬥中傷害對手，一心只爲求勝。

幸運清楚知道必要的話，史奈普仍會朝他毫不留情地咬下去。他發出咆哮，潛行到一側，讓對方在他的視線範圍。這回，待她猛衝，準備發動另一次攻擊時，幸運有時間做出閃躲或是猛撲的反應，然後咬住她的脖子用力甩。史奈普再次掙脫，氣喘吁吁發出咆哮。一旁觀看的幼犬也跟著發出呼喊。「他們的動作好快呀，媽媽！」其中一隻幼犬說，幸運聽見月亮低聲發出回應。

「準備放棄了嗎，城市佬？」儘管史奈普上氣不接下氣，她仍吐著舌頭竊笑。「你或許身形比我龐大，但是你太過天眞。」

「快把他解決掉！」蒙奇的聲音聽上去像是希望加入戰局。

幸運怒視史奈普，緩緩移動腳步，口水沿著嘴角流下。

史奈普再度展現迅雷不及掩耳的速度，鑽進幸運的身體下方，朝他的後腿用力一咬。幸運從未在城市裡見過這一招，傷口既疼痛又感到灼熱。他出於憤怒與痛苦大聲喊叫，張嘴咬住對方的耳朵。史奈普發出尖叫，但是幸運絲毫沒有鬆口之意，用盡渾身的力氣翻轉她。

幸運聽見費瑞大聲發出喧嘩。「別讓他擊敗你，史奈普！」

「放開！」史奈普尖叫著，耳朵直冒出鮮血。「鬆開我！」

「快放開。」甜心下令，幸運只得不情願鬆開嘴。緊咬住史奈普脆弱的耳朵不放或許下流，但他可是隻城市犬，一如他們重複對他說的，爲了爭取勝利不擇手段。地犬想必要爲他們拚命爭取的榮譽感大加讚賞！

衆狗七嘴八舌發表意見，這些提議多半派不上用場。「不公平。」幸運聽見費瑞發出低吼。「別讓他像那樣制伏你，史奈普。」、「讓她好好打呀，幸運。」崔奇大聲喊叫，幸運感到一陣惱怒，抽動他的耳朵——**這些狗當我在行善嗎？**

多數狗都在替幸運或是史奈普加油打氣，當然幸運不免注意到，他們大半是爲史奈普加油。他的目光短暫掃過圍觀的狗，唯一沒有在旁邊打氣吶喊的是歐米茄。

這隻小狗只是坐在一旁，瞇起眼望著眼前這一幕，彷彿不是在觀戰。

幸運轉身回望對手，他開始感到疲倦，得迅速解決這一切。

當史奈普再度齜牙咧嘴時，幸運做好了準備，他可不希望對方的利齒再次咬住他，但他得設法引誘對方。這次當史奈普再次撲向他，幸運並未閃躲，而是讓對方咬住他的肩膀，接著他把頭一轉，咬住史奈普受傷的同一隻耳朵。史奈普疼得發出哀嚎，這回幸運不讓對方有機會向甜心求救。他用力將她甩在地上，前腳抵住她的喉嚨，她的四肢用力踢著，爪子卻完全碰觸不到幸運。

幸運咬住她的耳朵喊道，「投降！」

史奈普感到痛苦並發出怒吼，但是幸運鬆嘴後，卻咬住對方的喉嚨，甩動她，「投降！」

史奈普一時無力抵抗，尾巴拍打地面。她高舉四肢在半空，不情願地說：「我投降。」

空地陷入一片緘默，大家的目光都集中在他們身上，幸運鬆開史奈普，向後退。眼前這隻棕白色狗翻過身，掙扎站起，甩開屈辱。她的身體劇烈起伏，幸運也一樣。兩人因爲這場激烈的打鬥上氣不接下氣。

一個龐大的灰色身影經過圍觀的狗群，這是幸運第一次見到艾爾帕除了吃飯與睡覺，或是偶爾出手打鬥外，步下那顆大石頭。幸運戒慎恐懼地望著他，只見狼犬在甜心身旁坐下，目光在兩名鬥士之間來回游移。

「了不起，城市佬。」他低聲說著，其中一隻黃色眼瞳閃著光芒。「史奈普，你遭降級，由幸運取代你狩獵犬的位置。」

幸運避免與戰敗的對手目光交集，只見她面無表情，幸運以爲對方會氣得想要猛撲向他，或是趁他轉身時朝他發出攻擊。史奈普冷冷的目光注視幸運良久，接著低下頭，耳朵下垂。

「我會請他教我一些大城市裡的招式，艾爾帕。」她的口氣平緩。「恭喜你，幸運。」

幸運總算鬆了一口氣，嘗到了勝利的喜悅。他吐著舌頭，開心地露齒而笑，低下頭，接受對方的道賀。「我很樂意傳授給你，你也教教我那些快閃的動作吧。」

「沒問題。」史奈普總算露出笑容。

「你們表現得很好，現在別再稱贊彼此了。」艾爾帕打斷他們。「至於其他成員的安排嘛，幸運現在晉升成爲狩獵犬，顯然幸運原先取代巡邏犬月亮的職缺現在需要替補。蒙奇？」

黑狗吃驚地步上前。「是的，艾爾帕。」

「你降級成爲巡邏犬。」狼犬語氣粗率。「今天晚上跟達特和崔奇一起巡邏。」

「什麼？」蒙奇既驚訝又惱火，顧不得自己的情緒。「艾爾帕，這一點都不公平！你應該選擇春天，她的位階比我低！」

幸運聽見崔奇的妹妹似有微詞，卻仍伏首，低垂著眼。她清楚知道別蹚渾水加入這場爭執。

「不再是了。」艾爾帕發出咆哮。「貝塔，向蒙奇解釋我的決定不容質疑。」

甜心猛撲向前，朝蒙奇的鼻子一咬，血濺了出來。他只得坐下，一臉驚恐，眼神閃著痛苦，甜心又額外補上一爪。

「就連月亮的幼犬都知道的道理。」甜心口氣嚴峻。「我希望你也能夠明白。知道嗎？」

「是的，貝塔。」蒙奇回答。

「你向來不是表現最佳的狩獵犬。」艾爾帕說，語氣中透著威脅，「如果你急於晉升，就應該更加努力爭取，而不是拖其他同伴下水。」

幸運好不容易從剛才的打鬥中喘口氣，狗幫的緊張氣氛卻讓他感到不安。

我不過是想要提高自己的地位，無意造成目前的窘境。

「我會觀察他巡邏時的表現。」甜心回應。「別露出這種表情，蒙奇。你在獵食時就想要取代史奈普的位置，這是你自找的。接受安排學習，能夠幫助你將來更加優秀。」

艾爾帕與甜心返回大石頭，蒙奇顫抖不已，但幸運明白他的顫抖並非出於恐懼。待艾爾帕離開一段距離，蒙奇來到他的身旁。

「這一切都是你造成的。」他在幸運耳邊咬牙切齒。「小心背後，城市佬。」

幸運望著蒙奇狼狽地離開，慶幸自己挑戰的對象不是他，否則情況將更加難以收拾……

他將蒙奇對他的懷恨放在心上，因爲此時狗幫其他同伴朝他簇擁而來，其中包括史奈普，他們搖著尾巴向他祝賀，恭賀他晉升。

「這是你應得的。」崔奇說。「這場打鬥眞精彩。」幸運看見月亮與費瑞彼此交換眼神，似乎覺得不對勁，難道他們認爲他贏得不夠光彩？不久，達特與春天上前表達稱許阻擋了幸運的視線。

幸運回應他們的道賀，卻甩不開負面想法，這群狗不過是爲了確保日後不會成爲被挑戰的對象罷了。

他們在替自己做打算，幸運心想。

每個搖擺的尾巴背後都有其目的。不像栓鍊犬，艾爾帕的跟隨者並非因爲情義而凝聚在一起，而是建立在彼此依附的關係上。個體的忠誠沒有活著來得重要。

幸運嚥下挫折與困惑。**我不確定自己是否喜歡你爭我奪的狗幫生活，**他心想。**但如果不是這種紀律，這個狗幫有辦法存活嗎？**

第十五章

「你要去哪，幸運？」春天轉身朝他眨眨眼，她豎起其中一隻耳朵，高舉其中一隻腳。「巡邏犬專屬的通風舊巢穴不再是你的窩巢。」

幸運再次覺得衆狗的目光全集中在他身上，感到渾身發燙。他退出自己的舊窩巢，跟隨春天與史奈普來到成堆樹葉鋪成的舒適巢穴。溫暖的窪地鑿得較深，鋪滿了青苔、腐爛的樹皮、樹葉和柔軟的松樹枝條，距離巡邏犬的窩巢只有幾步。

幸運進行例行的睡前繞行儀式，向森林之犬祈求他的臥底身份不會被識破。太陽之犬與月亮之犬或許不會贊同他對蒙奇所做的事，就連天犬也不會應許。但他爲了晉升所做的大膽嘗試、投機的小伎倆，他希望森林之犬能諒解這全是爲了保全他性命的舉動。大嗥叫那天夜晚，幸運以爲自己見到森林之犬迅速穿過矮樹叢的身影，頓時感覺身體有一道暖流流過。

溫暖的巢穴充滿了蒙奇黑暗與麝香的氣味，幸運感到罪惡，但他不願沉浸其中太久，他並不樂意欺騙同伴，但他依循的是狗幫的遊戲規則，蒙奇也應該如此。如果他想要奪回自己的位置，幸運認爲，他可以替自己爭取。

費瑞的龐大身軀在一旁翻轉，他發出呼嚕聲響，鼾聲大作。挑戰之後，他對幸運的態度雖不友善，但至少沒有表現敵意。睡在另一側的史奈普與春天則是熱烈地歡迎他加入狩獵犬的行列。

「我們可以利用你的速度狩獵。」史奈普說，春天則是打趣附和，「還有你的聰明才智。」幸運同樣佩服史奈普敏捷的速度。狗幫其他成員，包括巡邏犬以及卑微的歐米茄顯然對他充滿敬意，對他的態度有了轉變，他很高興他與崔奇的友誼並未因此受影響。

突然，他發現唯一的問題是，現在起他不再是巡邏犬，溜出營地會見貝拉將變得格外困難。他的腹部一陣翻攪，由於滿腦子都在想著如何晉級，他並未能停下來思索自己製造了什麼樣的難題。他把頭枕在前腿，豎起耳朵，凝視著星星。那天與貝拉見面後至今相隔了幾天？栓鍊犬或許正身陷困難，他卻一無所知。

他們也可能靠自己找到了乾淨的水源。萬一貝拉每天晚上等候幸運，打算告訴他可以返回的消息，他不再需要監視荒野狗幫，但是因為他與胞妹失約，因而無法獲知消息呢？他會不會永遠困在荒野狗幫而無法離開？

這當眞是件壞事嗎？

他嘆了一口氣。夜晚的天空漆黑一片、萬里無雲，星星像鑽石般閃閃發亮。幸運能夠辨認天空中所有的星座：狡猾兔子星、天狼與小狼、巨樹與奔跑的松鼠。這些星座像在幸運頭頂轉呀轉，直到他的眼皮變得沉重，腦袋無法思考。

遠方一個聲音驚擾他的睡眠，樹叢間傳來烏鴉發出的粗嘎聲響。幸運立刻驚醒。費瑞睡在其中一側正鼾聲大作，另一側同伴的身體彼此交疊，史奈普與春天陷入熟睡，身體平緩起伏。

他從來都不知道烏鴉喜歡在夜晚出沒，不如就趁今晚去見貝拉，詢問她是否應該繼續他的臥底。月亮之犬此時已升至夜空。

幸運的心臟噗通噗通跳，他起身躡手躡腳地踩過其他熟睡的同伴。費瑞的腿抽動兩次，幸運只得屏住呼吸，不一會兒，大狗的鼾聲就跟天犬的雷聲一樣隆隆作響，原來是他在作夢。

他小心翼翼地踏過柔軟的青苔以及腐敗的樹葉，放慢動作緩緩離開狩獵犬的巢穴。根據巨樹星以及月亮之犬的高度判斷，今晚肯定是輪到達特留守。但她留意的是有沒有敵人潛入營地，殊不知是敵人想要溜出去。

他只要壓低身體，在矮樹叢間行動，保持安靜就行。如果能在達特巡邏時不被她撞見，應該就可以安全無虞地離開空地，順利抵達長爪的舊屋子。在月亮之犬打起呵欠準備入睡前，還有許多充裕的時間。

腳下的樹枝啪噠應聲折斷，他的心臟差點停止，幸虧沒有驚醒任何一隻狗，於是他小心謹慎前進，深怕發出聲響吵醒狗幫的同伴。他還得壓低身子躲過頭頂的樹枝，要保持安靜無聲可不容易。最後他越過了濃密的矮樹叢，站直身體，往前奔跑。

在營地緊繃神經，一陣匍匐前進後，能夠伸展四肢奔跑令幸運鬆了一口氣。幸運越過草原、穿過群樹，呼吸夜晚沁涼的空氣。頭頂著星星，腳底踩著堅實的地面加上森林裡的空氣清爽，這一切再完美不過。這正是幸運追求的生活，自在、快樂，不受他者監控或期待他者的幫助，獨來獨往！

「嘎！」

是那隻夜空中的烏鴉！他回想起之前在路途中見過牠，現在他更加確定牠是森林之犬的信差，被派往前來傳遞訊息。

他希望自己可以明白牠帶來的口信。

見到長爪的破舊棚屋後，幸運心中的大石頭才算落下，他小跑步前進，接著穩穩踩著步伐。**噢，天犬，我究竟在做什麼**？

進入屋內後，他僵直站在翻轉的桌旁，朝空氣一陣嗅聞。除了燒焦的木頭以及腐敗的肉味聞不出所以然，但是可以確定的是貝拉不在這裡。**白跑了一趟**。

但為何他感覺到內心一陣輕鬆？

幸運只想要盡快離開這裡。貝拉今天晚上沒出現，錯不在他。他可以再等一天繼續扮演他的角色。

就在他準備轉身離開之際，目光瞥見一團白色的影子。他猶豫一番，回過頭望。另一張翻倒的桌子底下鑽出兩個嬌小的熟悉身影，興奮地喘著氣。

「幸運！」陽光的吠叫聲比起往常收斂，幸運很高興聽到她的聲音。「陽光。黛西！」儘管幸運內心感到不安，見到兩名好友仍令他心頭一暖。他彎下身舔舐他們的臉龐，他們跳起身向他表達喜悅之情。接著，幸運一驚。「貝拉呢？她發生什麼事了嗎？」

「沒事，她沒什麼大礙！」陽光開心說著，蹭蹭幸運的鼻子。「貝拉很好，是她派我們來見你。」

黛西忍不住插嘴。「她自己有特別的任務，所以派我們來取代她！」幸運看見小狗藏不住驕傲。

幸運瞇起眼。「她有新計畫？」這不像是貝拉的行事風格，把控制權交給狗幫最缺乏經驗的狗，他知道如果情況允許，貝拉會希望親自跟他談。

「貝拉想出一個絕妙的計畫。」黛西說。「我們信任她！」

幸運一臉狐疑地抬起頭——貝拉前一陣子所想的「絕妙計畫」讓我們惹上大麻煩——小狗的目光卻止不住興奮。總之，他承受不起更精心的計畫，尤其是在他潛進荒野狗幫核心的現在。不論如何，希望這次貝拉能夠自行處理得來。

「好吧，我把我收集的資訊告訴你們。」他舔舔嘴。「你們會牢記好，轉達給貝拉？」

「我們會的。」黛西急切回答。

看來幸運似乎沒有選擇的機會。向兩隻毫無經驗的栓鍊犬呈報感覺十分不自在，特別是現在他跟一群眞正有紀律的狗幫一起生活之後，但他仍鉅細靡遺地把他上次見到貝拉之後的所作所聞向他們描述，包括見到身穿黃色毛皮的駭人長爪、挑戰荒野狗幫成員史奈普以及他晉升的事一五一十地說出。

「這眞……奇怪。」陽光顯得吃驚。「你在荒野狗幫總是處於備戰狀態嗎？」

幸運內心感到局促不安。「並不是這樣，陽光。只是……如果想要提高自己在狗幫的地位就得這樣。」他向團結友善的同伴描述這些，聽起來顯得既愚蠢又殘酷。

但是黛西卻替朋友感到高興。「噢，幸運！你眞是勇敢！」她開心地說著。「而且機智。」

陽光步上前對幸運表達欽佩，她的擔憂一掃而光。「你現在對於荒野狗幫的瞭解肯定不少。」

「是啊……」幸運不怎麼高興聽見這番話，荒野狗幫成員對他們可沒有任何好感，敵人對他而言跟加入狗幫一樣令他敬謝不敏。

這兩者總是並存，他心想。

「我們會把這些話轉達給貝拉知道，她肯定會替你感到驕傲！」黛西嚷嚷道。

幸運無視這番客套，接著問，「布魯諾跟瑪莎如何？」

陽光的黑色眼眸移開目光，彷彿視線以外的世界有趣得多。黛西則是端坐著，抓搔著肚子。

「他們的情況好轉不少，只是需要時間復原。瑪莎的腿傷很嚴重。」

「布魯諾的情況不算好。」陽光插嘴。「感謝天犬及時前來搭救，要不然他早就窒息而死。」

幸運不免感到困惑。「他們應該早就復原。尤其瑪莎……」

「噢，她的腿受了毒害，或許是因為在水裡游泳！她好多了，只是復原的時間比我們所想的還久。」

陽光依舊避開他的目光，這不免令幸運感到憂心忡忡。傷口深受毒害？如果瑪莎認眞舔舐傷口應該早就復原，除非中毒過深？而布魯諾……

「他們不會有事，幸運，別擔心。」

以前陽光不論事情是好是壞總是大驚小怪，此時口氣卻顯得異常平淡。幸運不禁認爲她有事瞞著他，但是原因爲何？難道情況比他們描述的還要糟？只有一個解釋，他們不想讓他知道眞相感到難過。

瑪莎、布魯諾，你們一路上與我相伴度過難關，千萬要保重。

他有時間返回貝拉的狗幫親自瞧瞧嗎？月亮之犬懶懶劃過天際，眼看天就要亮了，說不定……

「帶我返回營地。」幸運對他們說。「我必須跟貝拉好好談，也許可以幫助瑪莎與布魯諾。」

「她的任務還沒完成。」黛西吐出舌頭說。「太陽之犬將要升起。」

幸運不得不同意，他必須趕回狩獵犬的巢穴。

我得信任陽光與黛西。

「我得回去了。」他說，「免得他們發現我不在。」他疼惜地舔舔黛西的耳朵。「等我返回狗幫，會教大家狩獵的技巧，我們就不會再挨餓了。」

「你會是個優秀的老師，幸運，向來如此。」黛西說。

「很高興見到你，幸運！」陽光一臉愁容。「我們都很想念你，特別是我跟黛西。」

「這也是爲什麼我們自告奮勇代替貝拉前來。」黛西附和。

「我也很想念你們。」幸運吐出舌頭，舔舔他們的頭表達安慰。「我們不會永遠分開，我很快就會回來。」**我誠心希望**。

幸運向同伴們道別後，再次走進森林，卻不免替他們感到憂心。**地犬，我們已經失去艾菲，求祢別再帶走另外兩名同伴**。

幸運無心察覺森林四周有什麼異狀，矮樹叢內出現動物攢動的沙沙聲響。當樹叢內出現大型黑影晃動才讓幸運脫離原先的悲傷思緒。

是長爪？他的心臟噗通噗通跳。

不，長爪的身影大得多。幸運停下腳步，豎起耳朵，發出低吠。

或許是小狐狸夜間出來獵食。只要牠單獨行動，不是成群結隊，就不會對幸運造成威脅。

濃密蕨叢內的黑影更靠近了，從對方發出的沙沙聲響以及嗅聞的動作判斷，並非一向小心行事的狐狸。幸運怔住，挑釁地發出吠叫。

一個圓胖、醜醜的小臉從葉隙間鑽出。他並非狐狸，但那黑色的眼睛卻閃過一絲狡詐。

「歐米茄。」幸運吃驚大喊。「你在這裡做什麼？」

「我要問你同樣的問題。」他拉高了聲音，十分不客氣。「你不再是巡邏犬了，是吧，幸運？」

「我……」

「你不必跟我解釋。」歐米茄說。「我看見你溜出營地。」

幸運的心臟幾乎停止跳動。歐米茄一臉沾沾自喜，幸運直覺認爲，要說誰把他從荒野狗幫揪出來最令他難堪的，非歐米茄莫屬。「我只是想要單獨出來透透氣。」

「是這樣嗎？」歐米茄的眼神並不友善。「如果你想要獨自靜一靜，幹嘛跟栓鍊犬見面？」

幸運下意識回頭張望，證實歐米茄的懷疑。他心跳加速，顯得驚惶。

「但是我沒有……」

「你有，你說謊。與毛茸茸的小狗見面還愉快嗎？彼此互舔！眞噁！」

他看見我了！

歐米茄的聲音聽上去顯得十分得意忘形。「你是他們派來的間諜，我一開始就知道。」

不！幸運心想。**不可能！**

幸運一點一滴拼湊蛛絲馬跡，他初次跟貝拉討論這個計畫時……曾嗅聞到一陣異味，還發現了不知名的腳印。會是歐米茄？

「你在監視我們！」幸運驚呼，立刻察覺自己有多蠢。

「我不是間諜。」歐米茄一臉輕蔑。「我比這高竿多了。」

幸運無話可說，也不知道該說些什麼。他不知道內心究竟是感到害怕還是羞赧。

「我在暴雨中迷路。」小狗繼續往下說。「那天晚上大雨滂沱，我以爲河水之犬要淹過全世界。我迷了路，只想找地方躲雨。算你倒楣，我碰巧躲在你們附近。」

「運氣眞背。」幸運冷冷說。

「的確。總之天犬把我帶向你。」

我一點都不感到驚訝，幸運心想。**神靈們不贊同我的作法。**

「我想你要向荒野狗幫說出這件事吧？」

他開始盤算如何火速通知貝拉和狗幫盡快離開這裡，不知得離開多遠才能躲過艾爾帕的追捕。

「說實在，我還沒決定。」歐米茄坐了下來，滿足地抓搔著耳朵。「這得看你的表現。」

幸運認為沒有比這更糟的回答，但他錯了。他的內心就像一顆大石頭落入寂靜無波的水面。「你是什麼意思？」

「如果你肯幫我，我一樣會幫助你。」歐米茄發出竊笑。「呃，至少你會保住一條小命。我不喜歡身處歐米茄的地位，我不叫歐米茄，我本名叫懷恩。」

幸運嘸了嘸口水。他內心感到害怕，不過他能夠體會小狗的心態。他不希望自己的名字被遺忘，被喚作「歐米茄」，在荒野狗幫來說簡直是恥辱。他從沒想過要去問問歐米茄的眞名，此時不免感到慚愧。「我也不希望這樣。」幸運向對方坦承。

「我希望在狗幫有個合適的位置。」歐米茄來回走動，舔舔下顎。他的臉既扁又醜，嘴角不斷淌著口水。「我身為歐米茄夠久了，服從指令，從事低賤的差事！多半餓著肚子，因爲沒有狗兒會留給我足夠的食物！」

「我試過想……」

「你不是眞心的，還讓甜心阻止你。你爲何留吃的給歐米茄？每隻狗幫都需要歐米茄這號人物，我只是希望那隻狗不是我。」

幸運回想荒野狗幫成員如何對待這隻扁鼻狗，彷彿不把他當狗對待。對於利爪的尊重還多一些。

「我願意幫你，但我要怎麼做？」幸運抬起頭，表達同情之意。他是眞心想要幫忙，並非替歐米茄感到遺憾，只是單純不希望這隻醜陋狡猾的狗去向艾爾帕舉發他。他得跟對方達成協議，不然就只有殺他滅口的方法。

幸運清楚知道自己下不了毒手。

這是我不適合狗幫的另外一個原因，我永遠當不上艾爾帕。幸運並不會因此不悅，因爲這麼做違反他的狗靈，這是獨行犬的生活所致，以及他與栓鍊犬之間的深厚情誼。至少，他知道自己絕對不會低賤至殺害同類的地步。

幸運嘆了一口氣。「只可惜你不是跟栓鍊犬一起生活，你會過得比較快樂。沒有任何一隻狗得過著歐米茄的日子。」

「我不會是栓鍊犬。」歐米茄扁平的臉皺縮一起，顯得不屑。「我在荒野狗幫的地位會比現在高，你得幫我晉升。」

「我願意幫你，懷恩。反正，我沒有選擇的餘地。」

「的確。」懷恩咕噥道。

「但我看不出來你要我幫你什麼。」

「答案再明顯不過，尤其是對你這樣的城市佬而言。」懷恩若無其事舔著腳掌。「我的一舉一動從未令艾爾帕大感驚訝，我不能自欺欺人。但是如果另外一隻狗表現太差，或是出了岔，做出危害狗幫的事……」

「艾爾帕會將那隻狗降級至歐米茄的地位。」幸運替他把話接完，感到不寒而慄。

「沒錯。你別怕，我不是要你犧牲自己。如果我這麼要求的話，簡直是找死。」

我不會，幸運心想，**幸好你這麼認為**。

「你現在身為狩獵犬，位置自有妥善的安排。明天獵食完之後，只要記得動點手腳，將偷吃獵物的責任嫁禍給另外一隻狗。你也知道艾爾帕的脾氣。」

「是啊……」幸運的臉閃過一絲陰霾。

「任何狗膽敢搶在艾爾帕之前享用獵物，肯定會直接被打落到底層。」

誰何其有幸才能夠搶先一步在艾爾帕之前先吃，幸運心想。

「你爲什麼不自己來？」

「因爲你要替我完成這項任務。瞧，你冒的風險較小，你肯定看得出來。要是你的行跡敗露，遭到降級，很快就能洗刷罪名。要些小聰明，或是對貝塔施展你的魅力。像你這樣的狗一向……」他露齒一笑，「吉星高照。」懷恩坐了下來，搖搖他的短尾巴，撇了撇嘴角。

「少侮辱我。」幸運大聲咆哮，儘管他說的多少帶點眞實。「記好，你需要我幫你完成這件事。」

「你需要我的成分居多，或者應該說你需要我對你開恩。」懷恩的眼神帶著傲慢的自大。「你知道我說得沒錯，街頭混過的傢伙。你承擔的風險小多了。」

幸運深呼吸一口，他知道自己得控制住脾氣。

「就算被發現是你做的，最終也能夠重新爬回原來的位置。」懷恩繼續往下說。「但是艾爾帕要怎麼把已經在底層的狗降級？直接把我解決掉更乾脆。」

幸運打心底知道懷恩說的對，他沒有選擇的餘地。他不能讓歐米茄揭發他的祕密，否則被解決性命的會是他。然而，他卻得出賣另一隻狗，這件差事遠比貝拉交代給他的任務更加可恥。幸運多麼渴望能夠再次恢復自由之身，擺脫這些令他懊惱的無理要求。

我怎麼會讓自己惹了一身麻煩？

儘管他狡猾無恥，可事實上，幸運挺同情懷恩的。或許輪到其他狗取代歐米茄的位置不是件壞事，他們說不定很快可以爬回原來的位置，但是至少讓懷恩嚐嚐站在較高位置的滋味，甚至激勵他未來更加努力向上。

「好吧。」他最後開口。

「我就知道你會幫忙！」懷恩頓時樂不可支，目光透著興奮，尾巴拍打地面，似乎察覺到自己興奮過了頭，他冷靜下來，收起笑容。「謝謝你，回頭見，動作要快。」

懷恩踩著雀躍的步伐，轉身，鑽進矮樹叢。幸運看見他離開時鬆了一口氣，卻無法平息內心的紛亂。

他該鎖定誰成爲下手的目標？他現在交了朋友，也有了同伴，他們對他十分信任，他怎能出賣朋友？

但是我別無選擇！

他從未像現在這麼肯定，臥底行動結束之後，他絕對不要投靠任何一個狗幫，他要再度回到城市佬、獨行犬的身分，當一隻自在快樂的狗。

在這期間，他得完成漫天蓋地的謊言。我是爲了瑪莎與布魯諾才這麼做，他堅決地告訴自己。**我不會因此變成一隻壞狗或是惡魔。我不過是身陷麻煩，想辦法脫困**。

幸運現在所做的一切只是爲了求生存。

這個世界改變了。突然，幸運雞皮疙瘩四起，似乎感覺到森林之犬在他耳邊低語。

是的，世界已經改變。幸運所做的一切全是爲了活下去，重新見到明天的太陽。一旦他結束這一切，那麼……

那麼他將要恢復自由之身。

第十六章

隔天，幸運望著巡邏犬離開營地，他卻仍躺臥在舒適的獵犬窩，史奈普暖呼呼的背緊貼著他。費瑞起身，在充滿迷霧的晨光中伸展四肢，帶著滿足，尾巴緩緩搖擺。幸運豎起了耳朵，見到蒙奇走過，不由得神經緊繃。黑狗並未公然帶著敵意，只不過一臉生氣地望著幸運。

幸運發現自己挺滿意現在的階級，崔奇不會拉著他去察看地盤四周，或是留心月亮及幼犬的安危。身爲狩獵犬的第一天將會是個舒散自在的日子，除了歐米茄偷偷從他面前走過，令他頸背寒毛直豎。這隻畏縮的狗，偶爾投以幸運一個別忘了我們的約定的目光，總令幸運難以忍受。

停止！幸運心想。**別因此引起其他狗的起疑**。他不知道歐米茄是否夠聰明到能將新發現的祕密藏好。

太陽之犬緩緩降下天空，影子跟著拉長，此時費瑞大聲發出吠叫，召集狩獵犬。幸運並不厭煩費瑞粗暴的命令，有了新的身分以及高位階，他躍躍欲試。此外，一想到可以去獵食，他便忍不住血脈賁張。

開始行動吧！

他是第一個前往費瑞身邊的狗，史奈普和春天跟著加入，他們離開營地時耳朵與尾巴翹得高高的。

陽光和煦，太陽之犬將金色的光芒投射到大地，湖面映照著陽光，一閃一閃宛如發亮的鑽石。**傍晚獵食對他來說或許不是好的開始**，幸運心想，運氣好的情況下，他們的獵物或許會受到日照的因素昏昏欲睡、戒心鬆懈。他希望自己可以留下完美的第一印象，證明自己值得獲得晉升。

費瑞是狩獵犬的領袖，幸運發現他是個優秀的領導者而鬆了一口氣。他不浪費時間與精力，指導手下如何追蹤氣味或是如何不被發現。他信任狩獵犬各自獵食，這點迥異於貝拉帶領的狗幫，像是爲了討好陽光，幸運只得一再捕捉甲蟲。

費瑞本身也是名優秀的獵食者，即使他並非最聰明的狗。看著他、史奈普與春天獵食的模樣，宛如狗兒的三條腿，幸運明白自己是第四條腿不禁感到驕傲。

「別動。」大家抵達森林的邊緣時，費瑞壓低聲音發號命令。幸運、史奈普與春天停下腳步，保持警覺，默默等候。費瑞抬起頭嗅聞空氣，提高其中一隻腳，期待中微微顫抖。史奈普與春天帶著耐心與信任望著費瑞，幸運很樂意跟隨他們的直覺反應。再等一下，或許他有機會證明他的獵食技能——默不作聲撲向獵物，咬斷獵物的脖子。

最後，費瑞回望他們，點點頭。「崔奇呈報今天早上在這裡見到幾隻鹿的蹤影，我們得安靜觀察。」

幸運與春天跟在費瑞身後，史奈普則默默潛行至一旁，不久便消失在矮樹叢中。崔奇說的沒錯，幸運的鼻子聞到了大型動物身上散發的麝香氣味。他決定不讓狩獵小組失望，同時他也自信滿滿。

我善於獵食，不管他們對於我過去習慣在城市裡討生活感到多麼不屑。可以確定的是，鹿的速度飛快，不過兔子的速度也十分敏捷，況且鹿的目標較大。

春天消失於幸運左側的樹叢，如此一來費瑞與幸運是唯一走在主要道路上的狗。鹿身上的強烈氣味愈來愈接近。費瑞朝幸運點點頭，他立刻知道要怎麼做，這與從前他和其他城市裡的狗互相合作只爲了塡飽一、兩天的飢餓不同。幸運遵從以前學到的伎倆與領導者分別行動，在外圍繞行，視線卻不離開費瑞。

一道光線穿透樹枝灑下，將獵物毛茸茸的身體照得發亮。纖細的腳蹄踩踏在零亂樹葉堆上劈啪作響。幸運數一下，共有三隻鹿。牠們低著頭在吃草，毫無警覺。細窄的臉龐抬起嗅聞空氣時，幸運一動也不動。霎時，雄鹿睜大了黑色的雙眼提高了警覺。

但是雄鹿聞到的並非幸運的味道，牠白色的尾巴一個抽動，另外兩隻鹿隨後跟上，牠們因爲見到了空地另外一側的春天所以驚逃，朝幸運的方向而來。雄鹿猛衝踏過蕨叢，後頭兩隻鹿驚慌跟著，其中一隻鹿落後，速度顯然較慢，直直往費瑞跟幸運的方向奔。

幸運聞到母鹿的味道激動了起來，肌肉繃緊。他跟費瑞同時跳起，一起撲倒在鹿的身上。幸運緊咬住母鹿的身體，費瑞則咬住了喉嚨的位置，母鹿趴倒在地，驚恐地發出尖叫。

母鹿不斷掙扎，幸運卻緊咬住她不放。史奈普與春天跟了過來，加入制伏母鹿的行列。費瑞最後壓制住母鹿，只見牠的雙眼少了驚恐，朝矮樹叢倒下，四肢無力地踢著。幸運不禁替這次成功的出擊感到高興。

母鹿不再掙扎，斷氣後身體異常沉重，費瑞抽身，激烈的打鬥令他上氣不接下氣，但明顯為這次獵捕的行動感到高興。

「幹得好，幸運。」他扯著嗓門說。「還有你們兩個，功不可沒。」

「艾爾帕肯定會感到高興。」史奈普說。

「別太快鬆懈。」費瑞咆哮。「他肯定很高興，不過我們可以做得更好。大家好好證明！下一個目標是地鼠，春天，你負責守住這隻小獵物。」

費瑞的確高竿。正當幸運懷疑傍晚是否適合狩獵時，暖和的氣候吸引小動物們從巢穴出來，來到空地，微風正好將狗兒的氣味吹走。他們另外抓了兩隻兔子，和一隻睡眼惺忪的地鼠，費瑞才心滿意足。返回春天守候的母鹿身邊前，史奈普正巧瞥見一隻裸露著牙齒，怔住的鼬鼠。這隻獵物回神後，一溜煙往兔子洞裡鑽，幸運原以為獵物脫逃成功，怎料史奈普跟著鑽進洞裡，頂著灰頭土臉出來時，嘴裡咬著虛軟的鼬鼠。

史奈普的動作敏捷，幸運對她十分欽佩。**我從沒見過可以跟隨鼬鼠鑽洞的狗，或者哪隻狗有這樣的膽量。**

春天盡忠職守地看守著斷氣的母鹿，看見他們拖回獵物，她開心地說。「沒大礙。有隻狐狸覬覦這隻母鹿，被我趕跑了！」

「很好。」費瑞說。「我就知道我可以信得過你，春天。我們返回營地吧。幼犬們長得可眞快，月亮肯定餓壞了。」

大狗的聲音中透出驕傲，幸運對費瑞及幼犬也多了份感情。此外，他也見到了春天因爲費瑞對她的讚賞而興奮不已。這隻黑狗在各方面來說都是個優秀的領導者。

幸運不禁思忖，艾爾帕、甜心與費瑞各自有一套行事風格，只是方法不盡相同。他們全都善盡職守地讓狗幫的運作不容質疑。幸運將這點牢記在心。我不會永遠待在荒野狗幫，但他們有値得學習之處。

將獵捕到的鹿及其他獵物拉回營地並不容易，在幸運的協助之下，大塊頭的費瑞包辦了多數吃重的工作。他咬住母鹿其中一隻腳蹄用力向前拉，堅硬的腳蹄撞擊他的牙齒喀喀作響。其他同伴則負責帶回體型較小的獵物。幸運的嘴嚐著母鹿的滋味口水直流，但他謹記得別冒險偷嚐，令他感到驚訝的是，他並不願意在與狗幫共享食物前先嚐。**眞怪**，他心想，他竟覺得等待享用應得的食物沒有錯。

抵達營地時，幸運望見其他狗兒開心地出來迎接他們，內心這種感覺更加強烈。同伴們興奮大喊，稱讚狩獵犬獵食的技巧，感謝他們帶回食物。

「眞是好表現！」崔奇望著幸運說。

「足夠餵飽所有的狗，還有剩！」達特附和。

「月亮肯定很開心。」費瑞不自覺感到得意，放下母鹿。「幼犬發育得眞快，食量好。」

幸運最驕傲的一刻莫過於甜心走上前，舔舔他的耳朵說：「費瑞告訴我，你對這次獵食貢獻很多。」她低聲說。「很高興你晉升爲狩獵犬，幸運。」

狩獵犬將獵物堆放在營地外的松樹旁，幸運退到一旁，躺臥在地，氣喘吁吁。他感到疲憊不堪，不過這是出於辛苦獵食的結果。望著其他同伴在一旁說笑、伸展痠疼的四肢，幸運感到五味雜陳。他依舊掛念著瑪莎與布魯諾，更別提意圖不明的貝拉究竟在盤算什麼，但是他忍不住感到一份滿足感襲來。他喜歡自己在狗幫擁有這樣的角色，同伴們也感激他做出的貢獻。

他不禁想起貝拉帶領的狗幫，和不時混亂的場面，還有過去他們期待他能夠負責領頭的時光。

有時，我只想要有份差事可做，他心想。**成為團體的一部分，而非負責做決定**。

當然，狗幫現在有貝拉負責帶領，但是幸運依舊覺得自己責任重大。他在荒野狗幫不必擔負重責大任，他的內心很喜歡這樣。

矮樹叢沙沙作響，霎時，內心的平靜被打破。幸運不必轉身也知道是誰潛近他的身旁。他的頸背下意識高聳，身體僵直，卻沒有起身。

「懷恩。」他小聲說。「有什麼事？」

小狗歐米茄吸著鼻子，舔著嘴。「何必這麼問，幸運。我正想詢問優秀的狩獵犬有何需要呢？」

「沒事。謝謝你。」

「你知道我可以任你差遣，這是我的工作。」

幸運突然轉過頭。他不該對這隻扁臉的狗生氣，看見這張臉只會讓幸運生自己的氣。

「不必了，懷恩，謝謝你。」

「你得喚我歐米茄。」小狗必恭必敬的口吻在幸運聽來像是嘲諷。

「那麼，城市佬，輪到你信守承諾。」

幸運轉過頭來，只想不計後果朝對方一咬，但是歐米茄再次消失在樹叢裡。幸運滿肚子怒氣，稍早那份滿足感一掃而光。

歐米茄並不打算放棄強迫幸運做出的承諾，而幸運不願意冒著遭歐米茄告密的風險。他得偷嚐驕傲帶回的獵物，將罪過嫁禍給另外一隻狗。

鹿肉肯定是下手的目標，他再明白不過，內心止不住羞恥。母鹿是狩獵犬這些天來最豐碩的成果。眾目睽睽展示下，不論其味道與體型都令眾狗垂涎，艾爾帕根本不會注意地鼠是否少了一條腿。**我的罪過大了，另一隻狗要遭殃了。**

棘手的苦差事讓幸運怕得要命。**你是個騙子**，幸運。**漫天扯謊的奸細。**

但是他別無選擇。

誰該被陷害？**我應該毀掉誰**？幸運環伺狗幫的成員，儘管內心煎熬，他仍盡可能保持冷靜、面無表情。**我應該要犧牲誰保全自己和漫天蓋地的謊言**？

有件事再清楚不過，下手的目標一旦決定，他得立刻採取行動，不能有任何遲疑，也不能有任何藉口。

或許這是他遲遲無法決定的原因，不管他的目光在眾狗之間來回游移有多頻繁：答案再明顯不過。

蒙奇。

蒙奇曾有過偷嚐獵物的紀錄，私自想要偷嚐鼠肉。倘若蒙奇在輪到他用餐前偷吃了一、兩口鹿肉，沒有誰會感到驚訝。幸運已經開始著手籌畫這場騙局的細節。蒙奇有著長長的烏亮毛髮有別於狗幫其他成員。他在巡邏犬的窩巢裡留下幾撮毛髮，但更棒的是——對蒙奇來說則是糟糕透頂——狩獵犬的窩巢也留有他的毛髮。幸運現在睡覺的地方則沾滿了他蛻去的毛髮。將這些長捲毛沾黏上母鹿的淺棕色毛皮會有什麼困難呢？

這有多難，幸運？

幸運闔上眼，把頭埋進他的腳裡，感到十分難受。他回想起剛到荒野狗幫時，蒙奇對他的態度有多不友善，但計畫栽贓這件事並沒有讓他好過些，他不敢去想他將對一隻無辜的狗所做的事。

奇怪的是，他對狗幫做的事似乎更糟糕。他將要背叛他們對他的信任，種下仇恨，對他的同伴撒謊。在他開始貝拉的這項計畫前，他從不知道自己有多像他們。隨著日子一天天過去他尊敬他們、喜歡他們、信任他們……

但在他的心裡卻有一個微小的聲音說，**我必須這麼做，否則我只有死路一條**。

我辦不到，我不能這麼做。

他的內心忍不住長嘆一口氣，他之所以這麼做並非爲了自己活命，而是爲了幫助栓鍊犬。他再度睜開眼，環顧狗幫的同伴。

他們不像我，一點都不像。我不在乎。我是獨行犬，永遠都是。我存活下來，這是我要做的。

重點只有一個。我是否想要回到過去成為真正的自己？或者放棄這一切，加入狗幫，成為費瑞、史奈普或是甜心這樣的狗。

或成為歐米茄。

幸運渾身發抖。不，他不能被誘騙加入狗幫，只爲了在暖和的傍晚享有團體獵食的樂趣，或是大嗥叫帶給身體的激動。他絕對不允許歐米茄說出他的祕密。他必須活下來、逃離狗幫、再度成爲自己的主人。不論他要利用什麼手段，都必須完成任務。僅此而已。

我絕對不會因此感到好過，他心想，**只是為了活命必須帶著罪惡感而活。因為我吉星高照，我是獨行犬幸運，我會活下去。**

幸運不願讓這些想法一再啃噬他，他倏地起身，深呼吸一口。接著他甩甩身體，緩緩伸展四肢，耙著地面，然後慢慢走向狩獵犬的巢穴，朝他休憩的窪地一陣抓耙，假裝只是在調整自己的窩巢。

他暗中收集幾綹蒙奇的毛髮成堆，深呼吸一口，將毛髮舔進嘴裡。毛髮黏住嘴裡的軟顎，搔癢他的喉嚨，令他一陣作嘔。齒縫塞著毛髮難受的程度跟心裡的不舒坦程度一樣，蒙奇的毛髮味道真是難聞極了。

無論如何，仔細確認有誰發現他的詭計，是最重要的事，他穿過矮樹叢向那棵擺放獵物的樹旁前去，老覺得狗幫裡每個成員的目光全集中在他身上，特別是那隻同時有著藍色與黃色眼瞳的狼犬。

別四下張望，表現得自然點！

當他回頭最後一次張望，他十分確定他並未被發現。艾爾帕倒臥在他最喜愛的石頭上，甜心隨侍在側。其他狗兒顯得輕鬆自在，彼此梳理毛髮，交換每天的新聞，爭論、嬉鬧或是打鬥。年紀較長的小公犬扭蛋正在跟寶貝妹妹玩摔角，用乳齒咬著妹妹，另外一隻小公狗法茲則不斷追逐自己的尾巴，小短腿在地上耙找。月亮跟費瑞則是一臉驕傲望著他們的孩子，注意力全在幼犬身上。

不趁現在，就永遠別想打這個主意，只得硬著頭皮去做。幸運將舌頭舔在母鹿身上，設法清除嘴裡的毛髮，雖然盡可能想辦法把一些毛髮沾在母鹿身上，但多數毛髮仍黏在他的牙齒上，卡在齒縫間。

不！幸運開始慌張，拚了命地抓耙他的嘴跟牙齒，同時又不能顯得過於激動，以免引起其他狗的注意。這些毛髮黏在一起，布滿他的舌頭和軟顎讓他感到噁心。但這些毛髮就是不易清除，他既感到害怕又手足無措。

最後，其中一隻腳爪鉤住了糾結的毛髮，讓他把毛髮從嘴裡拉出，然後將剩餘的毛髮舔在鹿腿上，抹除鼻子上最後留下的部分。

現在呢？

幸運再度環顧樹木四周，屏住呼吸，沒有任何一隻狗，甚至包括歐米茄在內注意他的舉動。懷恩掌握住他和他的計畫，令幸運恨得牙癢。

沒有時間去想後果，幸運朝母鹿的肚子一劃，她的皮膚裂開一道傷口，然後他朝依舊溫熱的肉一咬，盡可能迅速吞下肚。畢竟他也有協助捕抓這隻母鹿，他的氣味留在母鹿身上不足爲奇。

他撕開肉，大口吃，然後嚥下；動作一再重複。**夠了！真的足夠嗎**？**再咬一口，動作快，幸運。快呀**。

幸運直到神經緊繃到極點，才慌忙跳開母鹿，心跳加速。他倏地轉身，迅速穿過樹林，遠離營地。

驚訝自己沒被自己慌亂的手腳絆倒。他渾身發抖令他氣惱，怒火驅趕掉恐懼，僅僅一丁點。

他奔往湖邊，心臟依舊怦怦跳。沒時間飲水，幸運只是把沾了血的臉浸到冰涼的湖水裡，洗去沾了鹿血的毛髮。然後靜靜繞著營區外圍，只有在喘口氣時才停下腳步，然後盡可能冷靜地繼續繞行。

如果讓同伴聽見我的心跳，我應該立刻就沒命了。但是他們顯然沒有察覺到任何異狀。慢慢地，幸運的心臟不再撲通撲通跳，他找到一個落腳處假裝什麼也沒發生，像是出於不安，僅僅換了一處地點。

終於完成一切。

駭人的罪惡感，以及不知後果將會如何的恐懼，立刻淹沒幸運放鬆的情緒。他發現歐米茄的蹤影穿過空地，於是咧開嘴，靜靜朝他咆哮，小狗並未見到這一幕。

他沒辦法像其他狗那樣打個盹，他的肚子飽脹，神經緊繃。大家正等候艾爾帕下令用餐，幸運愈來愈感覺到恐懼。最後，等到幸運再也承受不住了，只見艾爾帕眨眨眼，打著呵欠，起身伸展四肢，甜心則在一旁活動。

大狼犬從大石頭一躍而下，走到空地中央，聲音低沉地向狗幫下令。

「現在開動了。」

巡邏犬負責將獵物拖往空地，一等他們動作，幸運看見他們彼此交換眼神，頸背高聳、尾巴僵硬，比起往常感到不安，然後將獵物置於用餐區，之後拔腿返回自己的位置。

他們發現了，他們察覺到了異狀！

他們知道麻煩大了……

母鹿的腿部僵直，放置好後接觸著地面，艾爾帕步上前。

他挺直站著，緘默不語，荒野狗幫的狗兒們安靜不作聲。

空地的空氣像被一把無名火點燃，艾爾帕低下頭，嗅聞母鹿的身體。

當他再度抬起了頭，露出嘴裡的大牙，雙眼燃燒著怒火，然後抬起頭，憤怒地發出嗥叫。

四周靜得連壓斷的枝條都聽得見，就連鳥兒也跟著安靜。

艾爾帕的咆哮聲令所有狗不寒而慄。

「這是誰幹的好事？」

第十七章

艾爾帕轉過身，臉上震懾的表情是幸運從未見過的。

「是誰？」

狼犬的腳用力跺著地面，一個側身，不屑地啐了一口水。當他再度抬起頭時，目光直視著幸運。

一陣哆嗦穿過幸運的身體使他打了個冷顫，但他依然要面不改色、不吐實情。他只想擦擦嘴角，抹去留在嘴邊的黑色毛髮。不……不，他不可能這麼不小心。

狼犬會讀心術嗎？艾爾帕看穿了他的詭計？

幸運不知道自己究竟能夠跑多快，跑再快恐怕也難逃一切……

艾爾帕步上前時，幸運幾乎要坦白從寬，但是他走近的對象並非幸運，冷峻的眼神鎖定的對象是蒙奇。艾爾帕大腳一揮，地上的泥巴甩飛在蒙奇的嘴。泥巴落下後，一根毛髮不偏不倚正貼在蒙奇的鼻子上。

一臉困惑的蒙奇甩開毛髮，長耳平貼頭的兩側。「艾爾帕？」

只見艾爾帕默不作聲，惡狠狠地走近他的身邊。

蒙奇嚇得連忙說：「艾爾帕，我不知道……」

「住嘴！」狼犬齜牙咧嘴。「偷吃賊。你認爲自己有權敢在月亮的幼犬和我用餐前先吃嗎？」

蒙奇瞠目結舌道：「我沒有啊！我不敢……」

艾爾帕撲向蒙奇，將他撂倒在地，爪子朝他的臉部和脖子抓，尖銳的牙齒咬住他的耳朵。蒙奇嚇得發出哀嚎，一陣抓耙想要脫離眼前這隻發怒的猛獸的攻擊，卻徒勞無功。他仰躺在地，艾爾帕其中一隻腳上的利爪劃過他的腹部。蒙奇的哀號聲變成連串失控的痛苦嗚咽。

幸運只想要摀住自己的耳朵。**停止**，他想要吶喊，**不是他，是我……**

不，幸運，活下去。

在場其他的狗兒望著眼前這一幕冷汗直冒，睜大了眼，夾著尾巴。身旁的甜心身體僵直發抖。幸運望著她，多麼希望她能夠阻止這一切。她望著蒙奇，他的血噴濺在她的臉上，她的嘴皺縮一塊，發出咆哮。

快呀，他拚了命祈禱。**快阻止他，甜心，免得情況失控**。

霎時，快腿犬姿勢優雅朝前一躍，幸運本以爲可以鬆口氣，**她要阻止這一切！噢，感謝天犬**。

但是幸運這才發現心頭的大石並未因此放下。他張大了嘴望著甜心露出牙齒朝蒙奇的尾巴一咬，他因此又一次痛苦地發出哀嚎。甜心跟著加入攻擊蒙奇的行列，她的下顎緊咬住蒙奇脆弱的耳朵，艾爾帕則咬住蒙奇的脖子，把他當成老鼠般甩動。

幸運再也忍受不住，他發出吠叫想要阻止，然後準備衝向掙扎中的蒙奇，但是甜心把牙齒從蒙奇的耳朵鬆開，警告似的怒視著他，幸運嚇得止住了腳步。甜心張著血盆大口，但這並非令幸運怔住的原因，而是他見到甜心黑色眼瞳裡的溫柔。

她不想見到我受傷，試圖保護我！

幸運渾身發抖，小心翼翼朝後退，甜心再度對蒙奇一陣啃咬，發動攻擊。

月亮之犬升起，艾爾帕最後朝蒙奇頭部用力一擊，然後往後退，微微咆哮著。甜心在艾爾帕身旁坐下，吐出舌頭，一臉輕蔑望著蒙奇。

蒙奇仆倒在地，試圖想要爬起，卻只能趴躺在地，他的身體劇烈起伏，喉嚨發出高音頻的嗚咽聲。狗幫所有成員帶著同情望著他，幸運注意到，沒有任何一隻狗上前幫忙。

艾爾帕朝這隻畏縮、受了傷的狗大聲咆哮。「你現在只能當歐米茄。」

「這是對你的懲罰。」甜心補充，緩緩舔著前爪的血。

「但是艾爾帕……」蒙奇氣若游絲的嗚咽聲微弱得幾乎聽不見。

「既然你還想要狡辯，就不准你單挑其他狗，直到下一個月亮之犬的週期。」艾爾帕搖搖尾巴。「母鹿的屍體上出現你的毛髮，歐米茄。你好大的膽子還想否認？」

蒙奇把頭枕在前腿上，盡可能抬高頸背，只能無奈聽從命令。顯然，他決定不再爭辯。

圍觀的群狗間傳來微微的咳嗽聲響，前任的歐米茄略微步上前。微凸的雙眼迅速瞥向幸運，臉上面無表情。

別想要感謝我，再妄想做出蠢事。幸運心想，內心一陣惱怒。

小狗此時可憐兮兮地望著艾爾帕，他默默凝視小狗好一會兒時間，表情帶著輕蔑。

「沒錯。我想你現在晉升爲巡邏犬了，歐米茄。或者我們現在應該稱你爲懷恩。」艾爾帕轉身，朝向獵物堆走去。

甜心投以鄙夷的目光望向懷恩，然後跟隨領袖離開。「證明自己的實力，懷恩。看在天犬與你同在的份上。」

偷吃母鹿肉之後，幸運的食慾全消。他無法將自己的目光從蒙奇身上移開，這隻慘遭毆打的落水狗躲進草叢舔舐傷口。幸運得強迫自己參與進食，他愁容滿面躺在崔奇身邊。

「別替蒙奇感到難過了。」崔奇一派輕鬆對他說。「我是指歐米茄，這是他咎由自取。」

不是這樣，幸運心想。

費瑞跟春天餵飽自己後，幸運爬上前，強迫自己第二遍飽餐一頓，他深怕自己因此噎著，盡可能裝做若無其事，一口接著一口啃著母鹿，用力吞嚥。

我得繼續吃，把這當成是一整天下來的第一餐。

就算想吐也不能被發現，不能讓其他狗懷疑他已經吃過。樹下薄薄覆蓋著一層落葉，他打算把幾口食物藏在這裡，卻不能冒險讓甜心撞見，因此大部分食物仍吞下肚。他努力吃著，每一口都吃的小心翼翼。就算吃夠了也沒有鬆懈，留下剩餘的食物，爬回他的位置。

我這輩子大概再也不想吃鹿肉……

史奈普、崔奇和達特分別吃過後，輪到懷恩。幸運從未見過一隻狗可以狼吞虎嚥還吃的津津有味，沒想到這隻體型嬌小的狗竟塞得下這麼多的肉。這隻嬌小的胖傢伙心知肚明彼此做了什麼好事。

儘管今晚的獵物可說是場大豐收，大家也都吃得差不多了，懷恩幾乎沒留什麼吃的給蒙奇，幸運對懷恩這隻狡猾小狗的怨恨也更加深了。

要說誰會對新任的歐米茄寄予同情，當然是上一任歐米茄莫屬。懷恩深知飢餓以及遭到鄙視與忽略的滋味。

他肯定可以展現一點同情心！幸運望著懷恩那張得意洋洋的扁平臉上仍沾著母鹿的血，不免恨得牙癢癢的。

不，別再去想他，這麼做只會讓我更加惱火，我現在不能夠太生氣。

幸運只希望大嗥叫能夠讓自己好過些，但是當眾狗集結，對著夜空發出不寒而慄的吠叫，幸運的目光仍止不住望向蒙奇。新任的歐米茄試圖加入，但是他的嗥叫聲既微弱又短促，他的挫敗顯然令他在這場集體嗥叫中喪失了參與感。當天晚上沒有任何神靈之犬的蹤影閃過幸運眼前，這場大嗥叫並未讓幸運因此著魔。

幸運很難想像蒙奇落入歐米茄的地位，當大嗥叫止息，蒙奇率先離開。幸運等到狗幫其他成員紛紛返回窩巢休息，才小心翼翼取出預藏的鹿肉，然後來到蒙奇的新窩巢，低淺的巢穴令幸運一陣發毛。踩踏樹枝發出的聲響引起蒙奇的注意，他抬起頭看見幸運，一臉吃驚。

「你想要幹嘛？」黑狗的雙眼透著憤恨。

「我帶了些……吃剩的食物給你。」幸運屏氣凝神。

「規定不允許。」蒙奇帶著狐疑怒視著他。

「不會有誰會發現。」幸運將一大塊肉推向蒙奇。「我絕對不會向艾爾帕透露。」

幸運說完這番話頓時感到一陣罪惡感襲來，但是蒙奇並未察覺。「我為什麼要接受你的施捨？」

幸運沒有責怪他。「你分配到的食物不多。」

「當然不夠，那個扒糞的傢伙懷恩留給我的部分少的可憐。」

「眞是不公平，今天的收獲很豐盛。」

「是不公平。」蒙奇發著牢騷，他的鼻子朝食物嗅了嗅，儘管極不情願。

「你不是在耍我吧，城市佬？」

「當然不是。」幸運抗議，特別是現在。

蒙奇最後克制不住自己，朝那塊肉舔了幾回，然後把食物拉近，開始用牙齒撕咬。幸運見到這一幕實在不忍，蒙奇吃了大半食物後，才抬起頭。

「謝謝你。」他的語氣顯得悲傷。「我不知道你爲什麼要幫一隻歐米茄，特別是我向來不喜歡你。」

這是為何我挑選你成為犧牲品的原因，幸運嘸了嘸口水。「我只是……感覺不舒服，不習慣狗幫的各個規定，特別對歐米茄的制定感到反感。」

「總之還是謝謝你。」蒙奇嚷嚷道，呑下更多食物。

幸運讓蒙奇獨自享用他的晚餐，穿過樹叢，返回狩獵犬的巢穴。

森林之犬，請別讓蒙奇頓悟，懷疑這一切背後的動機。幸運悶悶不樂地祈求。

千萬別讓他發現我是一切災難的始作俑者。

第十八章

狩獵犬的巢穴空氣滯悶難耐，幸運輾轉難眠，只好兜著圈繞行，最後放棄入睡。他來到空地，趴躺在冰涼的草地上。松樹頂端群星環繞，月亮之犬發出耀眼的光芒渾圓飽滿，銀色的月光投射出陰影。

感謝天犬，今晚我不必溜出去與貝拉赴約，不然行蹤肯定會曝光，幸運心想。

幸運注意到空地另一頭出現動靜，於是好奇地拉長了耳朵。在月光的映照之下，他清楚看到鋪滿長草與扁平石頭的舒適窩巢，竄出一個碩大的身影。

是艾爾帕，幸運驚訝發現，他望著領袖不安地越過空地。狼犬抬起頭望著月亮之犬，雙眼炯炯有神。這是幸運頭一回發現發現艾爾帕的雙眼同時閃著銀色的光芒，遮蔽了原本的黃色與藍色的眼瞳色澤。幸運的耳朵朝前豎起，驚訝中，他發現艾爾帕消失在樹叢間。

矮樹叢出現甜心纖瘦的身影，她緩緩伸展四肢後向著幸運走來。

「睡不著嗎？」她躺在幸運身邊，豎起耳朵，眼睛望向艾爾帕消失的地方。

「是啊，艾爾帕要去哪？」

她困惑地發出低吠。「月亮之犬成圓時，他總是會離開巢穴，獨自與牠相處一段時間。」甜心搖搖頭，彷彿並不理解這樣的舉動。「這是他從野狼幫帶過來的舊習，他們總是一齊對月亮之犬發出長嘯。艾爾帕告訴我，他們的儀式比起大嗥叫更加震撼。」她感到不可置信地重述這段話。

儘管幸運相較甜心更加無法理解，他仍然忍不住背脊一陣發涼。他難以想像比大嗥叫更震撼的儀式，如果眞的有這個儀式存在，這也難怪艾爾帕想要重溫這種感覺，雖然與他分享這個儀式的不是野狼幫。幸運不禁納悶艾爾帕爲何離開他的狼群，轉而成立荒野狗幫。

只要任何一隻狗還有野性就會想加入這狗幫，如同幸運也被吸引一樣……

幸運望向甜心優雅的面容，她抬起頭嗅聞夜涼的空氣，或許在追尋艾爾帕的氣味。

「甜心，可以陪我走一會嗎？」他說。

她轉過頭，偏斜著一隻耳朵，望著他。「你是指到營區外？」

「沒錯，我想要單獨跟你到那兒談談。」

甜心的尾巴平貼在地，若有所思地說：「我不認爲這個主意很好，幸運。如果讓艾爾帕知道，他會怎麼想？」

「我從你的話中得知，艾爾帕短時間內不會返回。」幸運望著她一臉狐疑的表情，接著問，「你難道每件事都得經過他的允許？」

甜心身體一陣緊繃。「當然不是。但是他是我的艾爾帕，我尊敬他。」

「他顯然同樣尊敬你，」幸運暗自覺得自己狡猾。「也信任你。我必須跟你談談，如此而已。大家都在的話，我們恐怕找不到機會。」

甜心嘆了一口氣，思索一下，然後不情願地點點頭。「好吧，幸運，就一會兒的時間。」她伸出長腿起身。「我想，湖邊很適合談話。」

幸運跟著甜心安靜地穿過樹叢。不久，他們來到湖邊長長的銀色河岸，傾聽湖水緩緩拍打在卵石的聲響。月亮之犬投射的銀色月光映照在湖面上，滿天星斗相形之下黯然失色。

他們在湖邊停下腳步，讓湖水打在前腳。幸運一時語塞，彎身舔舔潺濕的腳，剔著齒縫間的草。

「你想要談什麼？」甜心問，並沒有感到不耐煩。她豎起耳朵，斜倚著頭，凝視著在月光映照下湖面的漣漪。

幸運深吸一口氣。「你跟艾爾帕有必要這樣對待蒙奇嗎？」

甜心緘默一會兒，接著嘆口氣，坐了下來。「有這個必要，幸運。身在狗幫，就算不情願也得遵循規定。」

「你難道並不樂在其中？」他的口氣帶著猶豫，不想表現得無禮，卻很想要知道答案。

「當然不是。」甜心感到惱怒。「我怎麼會樂在其中？我是出於職責所在。既然是艾爾帕的伙伴，就必須支持他、協助他處理大小事，特別是維護狗幫的紀律。如果我們不團結一致，狗幫就會分崩離析。」

幸運心中隱隱的忌妒感逐漸消隱，頓時冒出希望的小小種子。

「甜心，你是指伙伴。」

「是啊？」

「是伙伴，不是伴侶。」

幸運看不出來對方的黑色眼眸透出的神情意謂著什麼，在她的凝視之下，幸運毛髮直豎。

「沒錯。」她最後開口。「是伙伴。」

「這麼說，你是在嚴守狗幫的階級制？因爲地位的關係，而非……」

「正是如此。」她甩甩身體，轉身回望湖面。

「甜心……」他停頓一會兒，緊張地搖擺著尾巴。「我可以知道你是如何迅速登上現在的位置嗎？」

只見她嘆了一口氣，把腳浸入淺水中，攪亂湖面的光影。「我實在不想多談，幸運。呃……在我之前有另外一個貝塔，我們……相處不來。她現在不在狗幫了。」

幸運頸背的毛髮豎起，爲了化解尷尬，他站起身舔水。心想只要不是在巡邏，喝口水應該不成問題。湖水冰涼，沁入心脾。

「艾爾帕跟我彼此合作。」甜心打破沉默。「我們合作無間，撐起狗幫，維持它的紀律與強盛。或許那天我們會結爲伴侶，結果通常如此，但是並不急於一時。」

幸運強迫自己繼續喝水，專注最後那句話：不急於一時。

「我喜歡自己目前所處的位置。」她繼續往下說，顯得頑強固執。「我從未晉升到貝塔這個位置，沒想過自己竟然辦得到。這讓我感覺自己……更強壯、更加有自信。要維持目前的位置並不容易，但是我辦到了。」

「我明白你的難處，甜心。」幸運緩緩說道。「眞的。」爲了爭取權力與地位得努力不懈，總讓幸運忙得暈頭轉向，取代史奈普的位置令幸運並不好受。甜心如何能夠承受這樣的壓力：始終保持在一定的位置，日復一日證明自己的能力？他並未讓甜心發現他打了個冷顫。

至少，貝拉的狗幫裡大家的地位一致。儘管不如甜心領導的狗幫活得有效率，但是如果眞要選擇，幸運寧可選擇加入貝拉。

「我很高興我們能再見面。」他對甜心說，口氣顯得突兀。

「我也是。」她豎起一隻耳朵，好奇地望著他。

幸運踩踩腳底的卵石。「我現在想要獨自散散心，可以吧？如果艾爾帕可以……」

甜心睜大了眼。「艾爾帕能做的事不代表你也可以。」

「獨自散心又無傷大雅。」

「不。」她的口氣再次變得冷峻。「你不能因爲打敗史奈普，就認爲自己可以挑戰艾爾帕的權威，這完全是兩碼事。就算是費瑞也不會笨的想要挑戰艾爾帕。」

甜心的語氣令幸運寒毛直豎。「費瑞只是沒想到可以挑戰艾爾帕的野心。」

「費瑞夠聰明能遵守紀律，你也應該如此。」甜心起身，轉身準備返回營區，短暫回望幸運說道，「牢記蒙奇的下場。」

牢記蒙奇的下場。

他怎能忘得掉？

幸運站在原地，望著甜心剛才所處的位置良久，最後又看著她走進森林，他才轉身走向湖邊。湖面平靜，未起漣漪，一切如此平和，月光照亮整個湖面。如果艾爾帕心中的神靈代表是月亮之犬，那麼她是否會背叛幸運，轉而庇佑殘忍的狼犬？月亮之犬能否體諒幸運這麼做的原因？

幸運鬱悶地朝夜空拉高了聲音迅速發出嗥叫。

牢記蒙奇的下場……

他無法繼續這樣過日子了。甜心最後這番話讓幸運痛下決心。她對待蒙奇的方式殘酷無情，難道幸運也將會受到威脅？他的喉嚨忍不住發出嗚咽，用力嚥了嚥口水。**停止一切，幸運！**

他急切地想與艾爾帕帶領的狗幫保持距離，別再陷入驚駭的罪惡感之中。為了明哲保身，他陷蒙奇於不義，聽命那個叫做懷恩的狡猾傢伙，還得忍受他的嘲諷。

畢竟，他查出了所有貝拉應該知道的細節，沒有理由繼續留下，一點也沒有。之所以留下，部分原因是他視自己是隻狩獵犬，享有地位，還有受到大嗥叫對他的蠱惑；另一個原因則是出於恐懼。如果他放棄這一切，他是否就不是原來的幸運？

幸運轉身準備離開。他沿著湖邊開始小跑步，急切想要離開艾爾帕的狗幫，盡可能愈快愈好。不可否認，他會想念甜心，但是她現在是艾爾帕的伙伴，不久後可能會成為他的伴侶。她對於自己依附的對象表達得再清楚不過。他也會想念其他的同伴，特別是崔奇與史奈普。他痛苦地回憶起，自己曾經答應過史奈普要教她一些城市佬討生活的技巧。

但是我不屬於史奈普或是甜心，更不屬於艾爾帕。是吧？

月亮之犬依舊高掛在天，貝拉將會出現長爪的破棚屋。他迫切加速前進、身手敏捷，迅速穿過漆黑一片的森林。蒼白的月光照射在他的身上時，他忍不住感到緊張不安，四肢拚了命向前奔跑。他所做的決定驅使他前進，要是貝拉在他抵達前離開？萬一她根本就沒出現呢？

或是她對我不抱任何希望？

小棚屋傳來的燒焦氣味提醒幸運目的地已經到了，令他鬆了一口氣。他來到空曠處，見到貝拉正在等待他。她發出低吠上前迎接幸運，只見他上氣不接下氣。

貝拉抬起頭，耐心等候幸運喘口氣。「我差點要離開了，亞普，本來不打算繼續等下去。」

幸運的鼻子緊挨著妹妹。「別對我放棄希望，嘰喳。還不到時候！」

他注意到妹妹的眼睛開心地發亮。「你跟黛西和陽光分別了幾天，什麼原因讓你無法前來？」

「我已經找不出藉口溜出來了。」幸運坐了下來。此時，他清楚見到月光映照之下，貝拉的雙眼透出疲態，鼻頭有幾道抓痕，左肩有道淺淺的傷口，儘管如此她似乎顯得一派輕鬆。彷彿勝利一般……還帶著奇怪的味道。他試探性嗅聞她的肩膀，那味道像是其他動物所有，帶著深沉的麝香味。

幸運打了一個冷顫，朝貝拉退後一步。「貝拉，怎麼回事？」

「我們沒事。」貝拉語氣輕快。「你對於前往湖邊與狩獵範圍的指示很有效！我們很快就能恢復元氣。」

「呃……這樣很好，但我是指你怎麼滿身傷痕！」

貝拉若無其事甩甩頭。「只是跟幾隻野狗發生打鬥，但我們應付得來！對方數目不多，我們沒有受傷。」

幸運啞口無言。妹妹從什麼時候開始，跟野狗打鬥還能夠笑得出來，而且獲勝？他卻只能待在荒野狗幫，聽命妹妹派給他的監視任務。草叢內跑出一隻老鼠，葉子沙沙作響，這聲響卻讓他們之間的沉默更顯得難以忍受。

「你過得如何，幸運？」貝拉最後問。「上次離開後發生什麼事？」

她的口氣顯得輕快帶著好奇，幸運一五一十把一切都告訴她，但用字遣詞十分小心。他強烈感覺到內心的不安，認爲貝拉並未告訴他實情，她卻能從他的嘴裡探聽想要知道的消息！

貝拉仔細聆聽，待幸運停頓時輕聲發出吠叫給予鼓勵。「黛西已經把你跟巨大籠車之間的冒險經過告訴我，聽上去真是不可思議！」

「的確。不過稱不上是冒險。」他的口氣顯得有點受到激怒。「而是充滿驚恐，要不是艾爾帕相救……」

貝拉突然豎起耳朵，她肯定從幸運描述的口氣中聽到他對領袖的敬重。「他怎麼樣？」

「別提了。」他發現自己並不想跟妹妹談論對於艾爾帕的複雜感受。「總之，這些是發生在我身上的事，還有你在跟野狗打鬥時，我則是遭遇了身穿黃色毛皮的長爪。」

她的雙眼霎時充滿了不捨，焦慮地把鼻子湊近幸運的身體。「你受傷了嗎，幸運？」

「沒有。」**多虧了艾爾帕**。「但是貝拉，我受夠了一切，我想要返回狗幫，我們可以一起到別的地方去。這裡不僅有籠車、長爪，光是荒野狗幫就夠危險了。歐米茄，我是指懷恩那隻狗隨時會暴露我的身分，我不確定我跟他之間是否做了了結，等到月亮之犬下個週期到來，他會再度落入歐米茄的地位，我敢說，到時候他恐怕會變本加厲地對我進行報復！」

「但是時間還這麼久！」貝拉開心說著。「現在那隻狗被你安撫得很好，你不會有事！」

幸運瞪大眼瞧著她。「重點不在這裡，不只是因爲懷恩的緣故。如果這群狗發現我背叛了他們，你大概再也見不到你的兄弟，我得追隨地犬在土堆裡挖蚯蚓度日。」

貝拉低頭望著腳。「但是幸運，你現在還不能回來。」

幸運的心臟幾乎停止跳動。「什麼意思？」

「噢，我不是指永遠，只是暫時，你不明白我的苦衷。」

「對，我是不明白！」他生氣大喊。

「聽著。」貝拉安撫他。「你再過一段時間就可以回來，或許只要幾天！瑪莎與布魯諾仍然沒有好轉。」

他的腹部一陣翻攪。「沒有好轉？貝拉，這不對吧，他們早就該復原。」

「噢，這你不用擔心，幸運！」她急忙解釋。「你要忙的事情夠多了，他們只不過得了怪病，肚子老是發疼，沒事。大概跟飲水、食物，甚至是吸到肚子裡的空氣有關，如此而已。他們會逐漸好轉，但是你回來因此生病就麻煩了，不是嗎？」

幸運盯著貝拉良久，感到一陣作嘔加上失望，幾乎說不出話，突然感覺四肢顫抖，必須躺下。**我得繼續留在荒野狗幫？**

「我認爲自己……」幸運內心的失望頓時轉成惶恐。「替你以及狗幫冒著生命的危險！我按照你的要求去做，背叛了一隻狗，現在你告訴我，我得回去？」

貝拉迅速打斷他。「我們現在力量薄弱，需要你待在其他陣營。你明白嗎？我們需要你繼續盯梢一段時間，確保我們獵食與飲水的安危。所以……你最好待在他們那兒。好好待著，幸運！我們需要你！」

她只會在我的傷口上灑鹽，幸運心中大感不悅，悲慘地發出哀鳴。

「求求你，幸運？爲了我？」

我做的一切都是為了你，貝拉。「如果眞的有這個必要。」

「拜託你了，幸運。」她的雙眼充滿悲傷、急切且嚴肅。

幸運闔上眼，不去看貝拉。「那麼我就多待幾天，不會太久。我可以先跟你回去探望瑪莎跟布魯諾嗎？我很擔心他們。」

貝拉垂下尾巴。「我希望你可以。但是我不希望你染上他們的病。」

幸運又感到一陣失望。「你說的對。」他難過地回答。「請轉告他們我會盡快回去。」

「謝謝你，幸運。」貝拉蹭蹭他的耳朵。「謝謝你。」

「貝拉，我今晚返回荒野狗幫肯定更加困難，其中一隻狗可能會對我的失蹤起疑。」他的內心感到糾結，想到離開甜心時她說的那番話。

「那麼凡事小心了，亞普。」她憐惜地舔舔他。「別受傷，我不希望自己的兄弟因此惹上麻煩。」

怎麼不會？我這身麻煩皆因你而起！儘管多麼不情願回去，幸運不得不承認貝拉說的有理。他現在千萬不能生病，加上只回去荒野狗幫一段時間，不會太久。等到同伴們都康復，如果情況眞如她所描述那般糟糕。

「別忘了。」他嘆口氣。「懷恩現在是巡邏犬，他不是強勁的對手。性格儘管狡猾，但他打不過狗幫的同伴。如果你們要外出覓食，可以從這裡下手。記得荒野狗幫選在傍晚獵食，森林另一側的草坪是絕佳的狩獵地點，如果你們傍晚前覓食，記得別留下氣味，等到我們出發後，你們的氣味應該就已經消退了。」

「好，我知道了，幸運。」貝拉頓時若有所思，一臉嚴肅，緊繃的肌肉顯示她失去了耐心。「如果你真擔心，現在最好快點回去。凡事小心。我承諾你很快就能返回狗幫！就在下次月圓以前，我保證。快走吧！」她關心幸運舔舔他的鼻子，搖擺著尾巴。

「那麼，再見了？」

「再見，幸運！願森林之犬庇佑你！」

貝拉像是對待幼犬般打發他，幸運心想。他轉身朝向荒野狗幫的營區前去。**她要我離開，等不及我走**。幸運想到這忍不住背脊發涼。

別傻了，幸運！你們在替彼此擔心。

的確，他感覺得到妹妹在背後望著他離開視線，然而這一點並無法掩蓋過他內心的不滿。

貝拉有事瞞著他。

儘管他置身事外，他仍清楚知道，事情的發展恐怕出乎意料，充滿危險與不安。

第十九章

隔天，幸運仔細嗅聞地鼠出沒的巢穴，甚至舔舐樹木的斷枝殘幹，卻沒有聞到貝拉與梗鍊犬留下的氣味。難道他們掩飾得很好，像幽靈般獵食？或者，貝拉忽視他的提議，根本就沒到過他們狩獵的草地？

他對妹妹的一切感到不確定，內心不禁感到難過不安。

「什麼時候改吃草了？」史奈普開心地叫喚，嚇了他一跳。「瞧，有好多兔子呢！」

史奈普這個下午心情特別好，熱切地停不下來，怪的是她的熱情像是會傳染一樣，幸運開心地朝她發出吠叫，慶幸自己可以暫時擺脫苦惱。

「瞧瞧誰在吃草，趕幾隻兔子過來！」

史奈普開心地跑開，轉向一片陽光普照的草原，消失在遠處的高地。

不久，幾隻驚慌的兔子朝幸運的方向奔逃，幸運追趕著他們，開心大叫。小動物們亂成一團，一路朝牠們的巢穴跌跌撞撞前進，其中幾隻兔子毫無戒心，根本不知道要避開幸運。一隻渾身毛茸茸帶著條紋的兔子幾乎鑽進幸運腿間，他沒有折返，卻朝同伴猛衝，受到驚擾的兔子翻滾一圈，幸運趁機朝兔子的脖子一咬。

其他的同伴也一樣有收獲。幸運的眼角瞥見費瑞有力的下顎咬住一隻兔子用力搖晃。春天跟一隻模樣渾圓的兔子嬉鬧，將牠高高拋向空中然後接住。

「今天眞是大豐收！」春天一掌將兔子擊斃在地。

幸運附和發出吠叫，轉而追逐其他兔子，牠們最後全躲進地洞裡。追捕兔子令幸運渾身激動，耳朵傳來血流加速的嘶嘶聲，因此沒聽見第一聲驚恐的吠叫。

史奈普的大聲叫嚷最後讓幸運抬起頭，其他兔子四散逃逸，鑽進了洞裡。她停止追捕兔子，望著越過草地朝他們而來的狗瞧，這隻狗著急地上氣不接下氣。

「達特？」她大喊。

費瑞與春天跟著怔住，望著棕白犬達特停下來。

「營區！」達特氣喘吁吁。「快走！營區遭到了攻擊！」

「什麼？」費瑞發出咆哮，「我的孩子們！」

「達特，是誰攻擊我們？」春天衝向達特身邊，放開尖聲叫著的地鼠，只見牠一溜煙跑掉。

「栓鍊犬啊，他們全都出動了！對我們發動攻擊！」

不！幸運心想，腦袋一片混亂。**不，貝拉！你在做什麼？**

「不可能。」史奈普嚷嚷著。

「真的！他們騙過那隻笨懷恩，我就知道他不可靠！他們肯定知道狩獵犬出去獵食，準備大舉朝我們廝殺而來！」達特轉身焦急離去。

狩獵犬二話不說，跟在達特身後返回營區，幸運緊跟著費瑞，儘管馬不停蹄，心中卻像是壓著一顆大石。

他們穿過樹叢，樹枝劃過他的臉，但是幸運卻只見到費瑞的黑色身軀，穿過陽光投射的陰影，他不敢設想後果。他的同伴在他的身旁拔腿狂奔，**同伴**，幸運內心糾結著罪惡感。

他們衝出樹叢來到空地，幸運才止住混亂的想法。他在費瑞身旁停下來，大狗朝向入侵者一陣咆哮，寒毛豎起。

營區的場面令幸運胃部一陣翻攪。他負責帶領、保護，並為此監視仇敵的狗幫正面對著……

我的另外一支狗幫，他簡直不敢相信。

貝拉顯然負責領頭，她的尾巴僵硬，頸背高聳，露出冷酷的表情面對艾爾帕。黛西與陽光嚇得發抖，但是他們直挺挺站著，裸露著小小的牙齒。麥基站在他們身旁，表情堅毅、凶猛。

還有另外兩隻狗。

體格結實的布魯諾與深諳水性的大狗瑪莎身體光滑無恙，準備迎戰，眼神與身體外觀完全看不出生病的跡象。瑪莎的腿傷甚至早已痊癒。**貝拉竟然欺騙我……**

他們全都把我蒙在鼓裡。

幸運望著兩隻狗幫彼此團團包圍，戒慎恐懼，雙方發出咆哮，情勢緊張，各自等著彼此露出弱點。

幸運全身毛髮豎起，肌肉緊繃，但是他卻束手無策，甚至不敢輕舉妄動，他的心思混亂無法釐清思緒。眼前這個愚蠢、岌岌可危的局面裡，幸運究竟身處什麼樣的位置？

幸運你站在哪一邊？

有那麼一刻，他心中的憤恨與困惑令他感到頭暈目眩。貝拉為何不把這個計畫告訴他？她究竟是不信任他，還是她只要幸運乖乖當個對一切毫不知情的誘餌？看在天犬的份上，她憑什麼認為計畫可以成功？艾爾帕率領的狗幫論體型與凶猛程度都強過貝拉的狗幫。

我不能袖手旁觀看著妹妹為生存而戰。我該怎麼辦？

「滾開，長爪的寵物！」甜心大喊。「看我們怎麼收拾你。」

「我們有行動的自由。」布魯諾大聲咆哮。

「湖邊跟獵食的草原也都能來去自如。」麥基接著說。「如果你們不同意，儘管想辦法阻止我們。」

崔奇佯裝上前，卻不見其他同伴跟進。艾爾帕那雙顏色不一的眼睛冰冷、死寂，直盯著貝拉瞧，要說誰將成為這場戰役的頭一個犧牲品，幸運清楚知道會是貝拉。

幸運唯恐太陽之犬下山後，死傷的數目將難以想像……

也許我可以說服他們放棄彼此廝殺。

不，這麼做的希望渺茫。噢，森林之犬請幫助我。我不知該如何是好！

在他四周充滿了群狗身上散發的刺鼻難聞氣味：憤怒、仇恨與恐懼。空氣中充滿了這些味道，但其中還有一個氣味讓他不停嗅聞。眾狗專注在威嚇彼此，沒有任何一隻狗察覺到這一點。空地的咆哮聲與哀鳴聲不斷，幸運耳朵聽得發疼，但他的鼻子好得很。

我知道這個味道。

幸運急著張開鼻孔嗅聞，想辨識出這個模糊的氣味是什麼。這個味道似乎很熟悉，他記起自己上回跟貝拉見面時曾聞到這股味道——只是他不知道這個帶著麝香的晦暗氣味來自何處。

貝拉解釋這個味道來自跟她搏鬥的狗，難道她連這點也沒告訴他實話？難道這是她不想透露的祕密武器？或者對方正打算找她復仇，此刻正躲藏在遠處的樹叢內？

一個大膽的吠叫聲嚇阻了低聲咆哮的挑釁聲音。是貝拉。

「艾爾帕！」她大喊。「我們前來此地要求共享地盤。你們享有食物、飲水和遮蔽處，也該讓其他狗能一起分享，否則別怪我們用蠻力奪取！」

幸運盯著貝拉，張大了嘴。她瘋了不成？

艾爾帕顯然也這麼認爲。「歡迎你嘗試。」他對貝拉發出細柔的咆哮聲，帶著笑望著甜心，再轉身回望貝拉。「除非你夠蠢才敢向我們提出挑戰，如果你比我所想的聰明，趁早離開。」他緩緩舔著碩大的腳掌，長長的腳爪發出亮光。「否則你跟我也沒什麼好說的。」

幸運納悶事情哪有這麼簡單，內心卻不斷向貝拉呼喊，**快走吧，貝拉，趁現在還有機會離開！**

貝拉毫不膽怯，眼睛眨也不眨。相反的，她站得更加筆直，開口說，「你犯下了大錯，艾爾帕。」

這是狼犬頭一回露出驚訝的神情，他的耳朵向前豎起，感到不可置信。接著他大笑起來。「犯錯的不會是我，栓鍊犬，不是我！」

貝拉什麼都沒說，只是鄙夷地皺起嘴，接著發出一聲巨大的呼喊。

矮樹叢內有影子晃動，尖突的嘴加上一整列銳利的牙齒從四面八方竄出。幸運的內心感到一陣驚恐，荒野狗幫其他成員面面相覷。一群狡猾的傢伙從各個方向爬了出來……是狐狸！

幸運不可置信地望著眼前這群灰撲撲、纖瘦與野蠻的狐狸，其中一隻張著利齒，尾巴直直豎起。

「聽候差遣，貝拉。」狐狸橫眉豎眼。「你們好，臭氣熏天的狗群。」

幸運暈頭轉向，胃部翻攪。原來貝拉身上的氣味出自這裡，這個味道他一時難以辨別，不是狗的氣味，也非貝拉的敵人，牠們現在跟她站在同一個陣線。

「狐狸！」艾爾帕勃然大怒。「竟敢闖進我的地盤。」

艾爾帕身邊的狗爆出憤怒的吠叫，幸運卻步，驚恐不已。最近狐狸一向在城市裡討生活，牠們殘暴、詭計多端、蠻橫。怎麼會到這裡來？長爪頹圮的建築常常可以見到牠們的蹤影，四處翻找食物、潛行，因盜取食物而慘遭獵殺。**我的老天，貝拉怎會搭上這群傢伙，為了什麼原因？**

她返回城市尋找牠們？

他害怕的渾身顫抖，貝拉答應牠們什麼條件？

「我警告你別做蠢事。」貝拉的聲音冷酷且堅定。「我們現在可不是一群弱不禁風的栓鍊犬，艾爾帕，你無權將我們驅離這座山谷。」

艾爾帕紋風不動，一臉厭惡，表情嚴峻，卻又感到吃驚。

「朋友們。」貝拉大喊。「發動攻擊！」

第二十章

「不！」

幸運的抗議聲早已淹沒在兩軍大戰時彼此震耳欲聾的吼叫。貝拉將甜心撞飛，甜心立刻站起身，朝貝拉的頸部攻擊，發出咆哮。麥基與布魯諾則分別單挑史奈普與春天，他們壓過草地，在地面扭打，彼此撕咬。痛苦的哀號與怒吼充斥幸運的耳朵，他看到狐狸群像一道道灰色的迷霧朝荒野狗幫猛撲，在他們的耳朵、眼睛與喉嚨部位一陣啃咬。

幸運心跳加速，胸口像要爆開。**噢，幫幫我，森林之犬！我毫無頭緒！**他不願見到栓鍊犬遭受攻擊、廝殺，但他如何能對抗荒野狗幫的同伴？他又如何能與狐狸結盟？牠們從來就不值得信賴！

幸運在兩難之間難以抉擇，渾身發抖，如果他不盡快決定加入哪一邊，他們就要潰不成軍。他的同伴將因此喪命，他不願見到任何一隻狗死去！狐狸就算全都去見了地犬也跟他沒關係，但狐狸身邊那群曾與他一同奮戰、獵食的狗兒一個都不能少。

幸運蹲伏在地，向前爬，窺探他們彼此廝殺時縱身跳躍與翻滾在地的身體。所有的狗彼此廝殺，但是狐狸呢？

他跳起身，轉了一圈。六隻灰色狐狸正朝食物堆跑去，順手抓起任何東西吃了起來。**背叛的畜牲**！幸運為貝拉輕信他者的天真感到難過。他可能認錯了這群野獸，牠們並非在城市行走生活的狐狸，眼前這群傢伙魯莽、狡猾多了。在城市討生活的狐狸相較之下反應較為遲緩，顯得懶散。

他朝這群小偷撲過去，要是他有法子可想，絕不會讓這群狐狸吃下任何一口食物。

幸運奔跑時，有如遭到當頭棒喝。狐狸對那堆少的可憐的食物不感興趣，開始包圍月亮的巢穴。牠們繞著窩巢，眼睛盯著幼犬瞧，齜牙咧嘴，發出咆哮。牠們不想要吃剩的食物，幸運感到憤怒，牠們在打幼犬們的主意，想吃活生生的獵物。

月亮守在窩巢前面，發出咆哮，狐狸一隻接著一隻朝她一陣啃咬時，唾沫從她的嘴裡噴濺。

「狗媽媽缺乏戰鬥力。」幸運聽見其中狐狸嚷嚷。「對抗不了我們的飢餓！」

月亮因爲餵食較爲虛弱，但是她的凶猛程度並不亞於艾爾帕，朝攻擊她的敵人一陣恫嚇。扭蛋、法茲與北鼻嚇得躲在母親身後，幸運聽見他們害怕的發出嗚咽。

幸運朝狐狸群猛衝，將牠們撞的四散，翻滾在地。他的突擊讓月亮能有短暫喘息的空間，狐狸站定後，朝他猛撲而來。

幸運將憤怒化爲力量，往前一跳，咬傷其中一隻狐狸，鮮血噴濺，嚇退另外一隻準備朝他攻擊的狐狸。幸運毫不猶豫地參與打鬥，無暇思考忠誠度的問題。月亮的眼神透出感謝之意，她守住巢穴，重新燃起希望，奮力抵抗狐狸。這群狐狸十分狡猾，不斷嘲笑她，想要咬傷她，把她引開窩巢。

「讓我們嚐嚐美味的小狗，當作點心！」其中一隻狐狸說。

幸運聽見幼犬們嚇得大喊。「不，媽媽，別走！」

「別離開我們！」

月亮疲憊不堪，卻仍奮戰不懈。

其中一隻狐狸撲向月亮的頸部，咬破了皮，緊咬不放。幸運發出咆哮，朝他的攻擊者的鼻子一抓，然後衝向月亮，一把抓住狐狸，將牠從月亮身上扯開。月亮痛苦的發出吠叫，翻滾在地。就在此時，幸運感覺身體遭利牙咬住，他得轉身朝那隻咬住他的狐狸採取同樣的攻勢。

這些傢伙難道殺不死嗎？幸運不禁感到絕望，狐狸翻落草地後，繼續朝幸運猛撲，嘴裡飛濺著唾沫與鮮血。

牠們真是強壯、精力過剩，比起幸運從前在城裡打鬥的任何對象還要凶猛難纏，更糟糕的是牠們無所畏懼。換作是城市裡的狐狸早就夾著尾巴跑了。

他朝一隻潛近他身旁的狐狸一咬，突然間又冒出兩隻狐狸，分別從兩邊朝他而來，緊咬住他的脖子不放。幸運突然感到一陣刺痛，感覺溫熱的血流了出來，頓時頭暈目眩。狐狸拖住幸運，令他一時分不清方向，只覺得自己被拋飛、落下、翻滾。

他的頭骨撞擊石頭，一時間，他的眼前一片模糊，什麼都看不清，像在水中。他試著站起身，卻辦不到。

月亮！她正孤軍奮戰！

他的腳爪陷進地面，努力支撐自己的身體朝向勇敢的狗母親而去，此時他的眼角淌著血，見到她依然挺身面對敵人，朝攻擊她的狐狸一陣抓耙，但她實在寡不敵眾……

月亮正忙著抵禦對方的攻擊，幸運見到灰影越過月亮的腳邊。他想要發出吠叫作為警告，但是聲音實在太過微弱，或許他根本就沒叫出聲。接著，他的眼前又出現一個灰影從月亮的窩巢爬出，嘴裡像是咬住了幾隻黑色與白色不停蠕動的小狗，他們飽受驚嚇，頻頻發出嗚咽……

他的腦中彷彿迴盪著兩聲呼喊。「不，法茲，不！」

幸運用盡最後一絲力氣，掙扎著起身，搖搖晃晃。暈頭轉向。

樹叢間是什麼東西在動？

噢，現在他出現了幻覺，頭部的傷肯定讓他陷入夢境，他如何能在夢中幫助月亮。

幸運努力地眨眨眼，將鮮血撇開，走起路來蹣跚搖晃。不，肯定是森林之犬的身影，不是他的想像。

那裡。林間出現一個碩大的鬼魂，光滑、強壯的鬼魂：一動也不動，望著。兩隻巨大的棕黑色猛犬不動如山，雙眼炯炯有神。是狗！但他們爲何不上前幫忙？爲什麼動也不動？其中一隻狗轉過頭，另外一隻狗則舉起腳，彷彿要穿過影子。幸運踉蹌上前，再次抬起了頭。

不，幸運，你這個蠢蛋！根本就沒有狗，是夢。林間根本沒有任何影子。

走開，夢境中的狗。只有這場浴血之戰才是真的。月亮誓死保護她的孩子，他必須去幫她。

他蹣跚上前。只有他跟月亮和無助的幼犬們對抗著六隻殘暴的狐狸。就算赴死，也得替地犬帶上見面禮——狐狸群。幸運張開嘴發出怒吼，往前猛撲。

第二十一章

帶頭的狐狸轉身面對幸運露出獠牙，幸運朝對方發出凶猛的怒吼。

「我不會輕易低頭。」他警告對方。「如果你們要取我的性命，那麼……」他的話還沒說完，突然一陣猛烈的衝擊將他撞倒在地。幸運嚇得發出吠叫，猛力甩著頭。

朝他襲來的不是狐狸，而是一個黑色的身影，渾身肌肉結實、憤怒，張著血盆大口。是費瑞！

費瑞像棵巨樹崩落在狐狸群，讓牠們摔落在地並發出哀嚎。他抓住其中一隻落單的狐狸將牠摔向一旁，衝撞另外一隻。幸運依舊頭昏眼花，卻重新鼓足勇氣，掙扎著起身，跟費瑞一起奮戰，朝狐狸猛攻。他發出巨大的吠叫，希望提醒其他尚在打鬥中的同伴，發現狐狸窩裡反。

只有其中兩隻狗聽見幸運的警告，立刻奔了過來。蒙奇黑色的耳朵用飛了起來，嬌小的黛西露著牙，展現她的勇猛。

「快去幫月亮！」幸運再度發動攻擊前對他們呼喊，後腿冷不防遭狐狸一咬。

疼痛的傷口帶著灼熱，幸運最後清醒過來，對攻擊他的狐狸發出咆哮，朝牠反咬一口，將牠甩開。

幸運從眼角瞥見另外一隻狐狸朝黛西猛攻，爪子在她嘴邊劃出一道傷口。但她振作精神，眼睛閃著光芒，尖銳的小牙齒緊咬住對方的喉嚨不放，直到對方沒有動靜。

另一隻狐狸朝幸運撲了過來，幸運一個閃躲，然後撲向狐狸，用力咬住牠的腿。

「滾開，臭狗！」狐狸尖聲喊道。幸運抬起頭，看見三隻狐狸撲向蒙奇。黑狗被壓制在成群朝他猛咬的狐狸群裡，在猛力攻擊之下無力地踢著腿，鮮血到處噴濺。

「蒙奇！撐住！」費瑞大喊，他的大腳一揮，甩開兩隻朝他攻擊的狐狸。

幸運好不容易擺脫攻擊者，氣喘吁吁，四肢僵直，拉長了聲音絕望地發出吠叫。

「艾爾帕！甜心！貝拉！救命！」

終於，幸運的呼喊聲被聽見了。在空曠地扭打的群狗分開彼此，甩甩身體，一時半刻尚未完全回神，然後同一時間發現大事不妙。艾爾帕憤怒地發出嗥叫，往前猛衝，整群狗幫則跟在他的身後趕緊前往月亮的窩巢。

幸運無暇從蒙奇遭制伏的身體上扯開三隻狐狸，卻隱約感覺到一大群狗朝他們的方向而來，嚇退攻擊他們的狐狸。蒙奇身上的狐狸一隻隻離開，忙著抵禦狗群準備採取攻勢。艾爾帕跟甜心的動作迅雷不及掩耳，給予狐狸致命的一擊。狐狸踐踏在彼此身上，夾著尾巴落荒而逃。

「撤退！」狐狸彼此叫喊著。「快走！」

突然間，四周陷入一片寂靜。幸運低垂著頭站著，舌頭吐出，身體劇烈起伏。三隻狐狸的灰色身影消失於矮樹叢，另外三隻則是傷痕累累倒臥在濺血的沙場。

沉靜嚴肅的空氣中傳來狐狸領頭者發出的尖聲喊叫。「我們會再回來！髒狗，小心看好你們的幼犬！」

狐狸離開後，空氣中只傳來微風吹拂矮樹叢發出的聲響。

艾爾帕神情冷酷，咬起一隻傷重不治的狐狸遠遠拋向一邊，牠重重摔落地面靠近蒙奇身旁。

艾爾帕彷彿破除了可怕的魔咒，費瑞發出痛苦的長嘯，月亮則是倒臥在地，帶著驚嚇與悲傷不斷哭泣。兩隻小小的身軀從母親身後的窩巢鑽了出來，仍驚嚇不已，她與費瑞蜷縮著身子守護著倖存的幼犬，不斷舔著他們的頭。

幸運不忍心見到這一幕。「黛西！」他粗啞著嗓子問道。「沒事吧？」

小狗甩甩身子，鼻子湊近柔軟的草地摩擦著。「我沒事，幸運。不過是擦傷，你快去查看那隻黑狗的傷勢。」黛西極不情願望向蒙奇。「他的情況嚴重多了。」

幸運一瘸一拐跟著荒野狗幫其他同伴走近蒙奇，他倒臥在一灘血泊當中，受傷的腿因疼痛而抽動，沒幾下之後就沒了動靜。不必前往察看蒙奇了，他的傷口已經聚集了許多蒼蠅，身上散發的氣味再熟悉不過，令大家難受。

那氣味也曾從艾菲身上傳出……

「他去見地犬了。」艾爾帕說。「別理他。」

「不。」幸運在絕望中喃喃說道。

「我說，別理睬他！蒙奇勇敢奮戰，命喪黃泉。」

艾爾帕竟然以他的名字叫他令幸運感到吃驚，他重重跌坐在地。領袖沒有稱他是歐米茄。蒙奇雖然赴死，卻重新取得他的地位與尊嚴。

幸運從他身上奪走這一切。

懊悔的情緒向他襲來，層層謊言之下，他從未感覺心情如此低落。罪惡感與羞恥感盤據心頭，像一條蛇緊緊纏繞著他，痛苦無以名狀，更勝腿上的傷。

這是我咎由自取，也害慘了狗幫的同伴。

他很難將這些感覺藏在心裡，根本不可能。幸運抬起頭，難過地發出一聲長嘯。

史奈普回頭望著他，一臉吃驚，但她跟著坐下，抬起頭跟他一起嗥叫。接著，崔奇與達特也跟著做，頓時，瑪莎、布魯諾還有黛西都跟著加入。沒多久，所有的狗全都對著天空嗥叫，一起哀悼。

此時，沒有任何一隻神靈之犬的影子閃過幸運眼前。**牠們全都遺棄了我**，他心想，**祂們當然會這麼做**。他的聲音嘶啞，嗥叫聲止住，史奈普也跟著停下來，舔舔他的耳朵安撫他。

「這不是你的錯。」她說。

「不該怪你。」幸運身旁的春天跟著附和。「你盡力了，幸運。」

「你爲了月亮的幼犬而戰。」達特說。「蒙奇前來幫你卻壯烈犧牲。」

他們三個繼續發出呼號，幸運卻發現自己啞口無言。他坐在一群悲傷的狗之中，他們的嗥叫聲撕扯著他的良心。懷恩專注凝視著他，但是他已經不在乎這隻狡猾的畜牲了。

我已經盡了全力，他的內心苦不堪言。我背叛了朋友，把貝拉跟狐狸引到這兒來，害死了蒙奇跟法茲。

如果地犬現在張嘴要吞下他，他也毫無怨言。

第二十二章

狗兒們四散各處幫忙清理營區的屍體，他們將三隻狐狸拖至狩獵草原餵養烏鴉。瑪莎利用她的大腳蹼將屍體推過地面，黛西則盡力幫忙，儘管臉部有傷，幸運望著她忍不住心想，**她很有奮戰的精神**。

恐懼籠罩著大家，幸運感覺像大雨傾瀉而來。事情還沒結束，出於對死者的尊敬還有許多事要做。幸運不敢直視艾爾帕，甚至是甜心，也無法看著自己的妹妹。他爲了貝拉，背叛了荒野狗幫，她卻對他撒謊。

在這場慘烈的戰役中，並未分出勝負，他們清楚知道。宿命與絕望感有如大石壓在他的身上，他知道自己無法背負罪惡感太久。

荒野狗幫的狗轉身面對同伴的屍體，小心翼翼將蒙奇與法茲搬移至營區外的濃密矮樹叢中。

甜心轉過身，把臉枕在月亮的頸部。「現在沒有時間好好跟他們道別，我承諾，我們會幫他們舉辦一個喪禮。」

幸運對於荒野狗幫如何紀念死者一無所知，感到一陣刺痛，有如狐狸的咬傷。他爲了這群狗奮戰到最後，但是他仍舊並非他們的一員。還稱不上。

費瑞跟月亮蹲伏在矮樹叢一些時候，扭蛋與北鼻緊跟著爸媽，身體依舊顫抖著。接著，他們一家才起身離開。

「現在大家來把這件事做個了斷。」艾爾帕躺在大石頭上說。「兩支狗幫來我這邊集合。」幸運不禁感到鬆了一口氣，他的命運終將有個歸屬。

其中有些狗急切地聚攏一起，希望見到雙方的爭執能夠解決；其他狗諸如幸運和貝拉則杵在原地，不知是傷重或是害怕而遲遲不願上前。艾爾帕等到所有的狗都集合後，張著冷峻且嚴肅的眼神望著他們。甜心隨侍在側，跟艾爾帕一樣面露兇狠的模樣。

「你這個蠢蛋。」艾爾帕轉身望著貝拉。

撇開其他事不說，幸運不免對妹妹堅持己見的立場表示欽佩。她走上前，毫不畏懼望著艾爾帕的藍色與黃色眼睛，抬高了頭。

「你把狐狸帶進我的地盤，害我的成員喪命，在你受死之前有什麼遺言要交代？」狼犬大聲咆哮。

在場其他狗開始躁動不安，栓練犬紛紛發出吠叫表達抗議，幸運渾身毛髮豎起。陽光發出低吠，布魯諾緊蹙著眉頭。幸運就怕這樣的場面，現在只有貝拉可以救她自己。

「你禁止我們狩獵、飲水。」她毫無畏懼對艾爾帕說。「我們別無選擇，如果你一開始就聽進我們的話，這一切也不會發生。而且你也害死我們其中一個同伴。」

艾爾帕怒火中燒。「你爲此來報復，是不是？這麼做値得嗎？」黃色眼睛發出咄咄逼犬的光芒。「你們栓鍊犬侵入我的地盤，在狗律法之下你們無權這麼做。除非你願意抗爭到底，但是你找來的是一群害蟲！」

貝拉垂下眼睛。「狐狸騙了我。」她輕聲說道。「找牠們來是我的錯，我感到很遺憾。」

艾爾帕齜牙咧嘴。「等我親自殺了你，你會更加遺憾。」

「不！」陽光發出抗議，艾爾帕轉身怒視著她。「請你別這麼做，貝拉是隻好狗。」她的聲音顯得卑微多了。

「而且是個好領袖。」布魯諾插話，他向幸運使了一個眼色，彷彿在說：告訴他們呀！

但是幸運根本沒機會說話，艾爾帕搖搖頭。「好領袖會三思而後行，她卻讓你們跟我的狗幫陷入危險之中，只怪我們運氣差，你們沒有任何傷亡。現在是時候彌補過錯，栓鍊犬貝拉過來。」

「艾爾帕，等等。」月亮走上前，將兩名倖存的稚子留在費瑞身邊。「我可以說句話嗎？」

群狗抬起頭驚訝地望著她，但是最驚訝的莫過於艾爾帕。他若有所思舔著嘴。「在場的狗都有機會發言，月亮，你想要說什麼？」

月亮轉身仔細望著眼前的每隻狗，最後抬起頭，目光直視著艾爾帕。

「我今天因爲這群栓鍊犬跟他們的蠢領袖而失去了一個孩子。」她開口說。

幸運內心一沉，如果月亮說出不利貝拉的話，她就死定了。

「我比起艾爾帕更有理由仇恨他們。」月亮的耳朵抽動了一下，渾身顫抖，接著回神，語氣堅定。「但是貝拉說的是實話，顯然狐狸誆騙了她，她無意造成今天這樣的局面。她的行爲只能稱爲愚蠢，艾爾帕，但並非出於惡意。」

艾爾帕點點頭。「或許是如此，但是她一樣得賠上一條命，我想你還有話要說，月亮。說吧。」

「我們都會做出蠢事，也會犯錯。而且將來一樣會犯下錯誤。瞧瞧世界出現什麼樣的改變！」月亮抓耙著地面。「誰能知道下一個犯下要命錯誤的會是誰？我們必須團結在一起，共同生活。在大咆哮發生後，大家爲了生存無不彼此仇視。」

艾爾帕不情願地點點頭，但是口氣依舊嚴峻。「他們的行爲並不恰當，得尊重狗律法。」

「我還沒說完。」月亮闔上眼。「他們將狐狸引誘進來是事實，但是他們知道自己犯了錯誤，也盡力彌補。要不是幸運跟可憐的蒙奇，還有這隻栓鍊犬出手相救……我的三個孩子可能都沒命了。」

月亮轉過頭望著黛西，小狗睜大了眼睛，身體微微發抖，不敢輕舉妄動。

「黛西因爲幸運的呼救便前來營救我的孩子，像戰士一般奮戰。」月亮繼續往下說，幸運仔細聆聽。「這意味她的同伴也都聽到呼救，在我眼裡，他們全都獲得寬恕，我保有了原本應該失去的兩個孩子。」

月亮趴躺在兩隻前腿上，疲累得像是無法繼續往下說。費瑞舔舔扭蛋跟北鼻的頭，將他們安置好，步履沉重地走到月亮身邊。

「我同意月亮所說的話。」他粗啞著嗓子說。「雖然我們失去了其中一個孩子，但是還有兩個孩子存活下來。栓鍊犬雖然有錯在先，但在最後仍挺身而出，展現了勇氣與榮譽，艾爾帕，這點值得尊敬。」

費瑞緩緩搖擺著尾巴，彎身輕撫月亮的頭。其他狗見狀默默起身，看著艾爾帕對他們拉下了臉，儘管如此，幸運卻見到他的眉宇間透出讚賞，幸運不由得燃起一絲希望。

「貝塔，你怎麼說。」艾爾帕嘆口氣，望著身旁優雅的夥伴。

甜心抓抓耳朵思考著，接著不急不徐地站在石頭上。「他們的確英勇奮戰，不論與我們敵對或是並肩而戰。」她小聲說。

「他們究竟是敵是友？」艾爾帕問。

甜心清清喉嚨。「他們是很好的戰友，也是仇敵。我提議將我們對栓鍊犬的歧見擻在一旁，艾爾帕。團結的力量大過各自苟活。誠如月亮所言，我們是一群活在變動世界中的狗。第一次大咆哮之後，我加入狗幫，以為找到遮風避雨的依靠，卻在第二次大咆哮歷經生死關頭，誰知道未來還會發生什麼事？」

「他們的領袖該怎麼處置？」艾爾帕兇狠的目光再次望著貝拉。

「嗯。」甜心目光銳利望了她一眼。「我願意遵照月亮與費瑞所願，他們有權決定。」

艾爾帕再次舔舔下顎，若有所思，尖銳的白牙閃著光。

「很好。」最後他開口說。「甜心說的有理，而且再一次地說服了我。我們應該如何安排善後？」

甜心坐了下來，望著貝拉的狗幫。「我提議邀請他們的狗幫加入我們，但是他們全都得被分配到最低階層，只效忠艾爾帕，他們如果沒有異議，這麼做對大家來說都好。」

艾爾帕點頭同意，貝拉的狗幫成員們則面面相覷，卻又帶著希望。幸運凝視著地面，內心掙扎不已。貝拉的狗幫能否真正融入荒野狗幫的紀律？他想到陽光的命運不由得打了冷顫，她如何替自己找到一個適切的位置。兩支狗幫結合是件好事嗎？

答案自然是否定，也可能只有好沒有壞，或是好壞參半。幸運絕望地闔上眼。

他再次睜開眼，見到艾爾帕抓耙著石頭，刺耳聲響劃破空地的寂靜。

「很好，我們會盡可能安排各位的位置，如果栓鍊犬同意加入。想也知道他們願意加入。我們無法容忍外來者入侵我們的地盤，所以他們不是選擇加入，就是滾得遠一點。」

「他們的領袖呢？」甜心暗示。

「她也一樣是歐米茄。」艾爾帕說。「你知道這意味什麼嗎，寵物狗？她得接受差遣等雜事，服從一切命令，不得抱怨，睡在歐米茄沒有遮風避雨的窩巢，這樣才對得起蒙奇。待月亮週期結束，她可以選擇單挑的對象，前提是活得了這麼久。」

貝拉起身，頸背高聳，幸運寒毛直豎。她是否決定反抗到底？狗幫的同伴們竊竊私語。

「別委屈求全。」瑪莎說。

布魯諾壓低聲音：「告訴他們你可以活得好好的。」

頃刻間，幸運想像自己如果是栓鍊犬的一員，就能像從前那般帶領著他們，提供他們忠告。成為歐米茄，直到下一次月亮週期再提出晉升的挑戰，是貝拉僅有的希望，她會答應吧？幸運絲毫不敢介入。

我並非他們的一員，這點是沒有公開的祕密，如果想要活命……

這場打鬥以及所有的一切都該怪在他的頭上。他答應貝拉成為間諜，從沒想過她會對他有所隱瞞。更糟糕的是，他告訴貝拉有關懷恩這隻可悲巡邏犬的事，還告訴她狩獵犬離開營地的時間。他的這些訊息並未幫助貝拉及她的狗幫，反而對其他狗造成難以彌補的傷害。貝拉跟狗幫的同伴做出決定之後，他該如何自處？

我該繼續待在這個更大陣營的狗幫？或者，如果他們不打算加入，我該加入貝拉，還是在荒野狗幫尋覓新的位置？又或者是做自己一直想做的事，再度成為獨行犬？

貝拉與艾爾帕彼此對峙，她緊張地舔著下顎，隨時準備做出決定。

「怎麼樣？」艾爾帕發出竊笑。「決定權在你，栓鍊犬貝拉。」

「等等。」不知道是誰打斷這一切。

幸運深吸一口氣，感到吃驚。大家同時回過頭瞧，陷幸運於不義的胖狗步上前，尾巴跟頭抬得高高的，扁平的臉上露出傲慢與邪惡的表情。

「別急著做決定，艾爾帕。」懷恩坐了下來，用頭指向幸運。

甜心緊咬著牙，望著他。「你憑什麼打斷，懷恩？如果貝拉拒絕我們的提議，你一樣還是歐米茄，別忘了。」

「但我有件事要告訴你們，你們肯定會感興趣。」懷恩吐出舌頭，張大了嘴笑。「在其他狗加入我們之前，艾爾帕必須知道這件事。見到城市佬沒？」

艾爾帕望著幸運，一臉惱怒，然後回望懷恩。「他怎麼了？」

幸運的心臟幾乎要停止跳動，他無處可躲。懷恩仔細盯著他瞧，舔著牙。幸運頓時感到自己皺縮一起，前半身蹲低了下去，想要求饒，儘管可能徒勞無用。

「他是栓鍊犬的一員。」懷恩激動的大聲咆哮。「他一直替他們監視我們！」

一陣靜默。幸運突然覺得嘴裡的舌頭不靈光，渾身起著雞皮疙瘩。栓鍊犬們驚恐地望著他，恐懼的神情背叛了幸運。荒野狗幫的同伴們則是一個接著一個望著他，驚訝與不可置信展露無遺。

甜心倏地撲向前，朝懷恩的臉揮舞著腳爪。他發出尖叫，卻沒有退後。

「這不是眞的！」她發出怒吼。「你準備因爲扯謊挨打吧，歐米茄。」

「住手！」幸運大喊著，衝到甜心與懷恩中間。他張大了嘴，喘著氣，渾身充滿了恐懼，卻不願意見到再有其他狗因爲他而受傷，包括懷恩。

「幸運？」甜心感到十分困惑。

「是眞的。」幸運低下頭，然後再度抬起頭凝視著甜心的雙眼。他覺得自己虧欠甜心，該讓她聽見事實的眞相。「他說的一點不假，甜心。他說的是眞的。」

甜心睜大了眼，感覺受傷、不可置信。「不！」

「沒錯，甜心，我很抱歉。我不願事情變成這樣的地步……就在我對荒野狗幫也有了歸屬感的現在。」

甜心盯著幸運良久，在她身後的艾爾帕則是一副惡狠狠的模樣。她的喉嚨一陣嘶啞。「你不可能……也不會……」

「是的，甜心。我眞的這麼做，很抱歉。」

「但是你現在是我們的一員。」甜心突然咆哮。「就算是真的，你……」她緊閉了嘴。

幸運張著嘴，見到甜心眼裡充滿了：惱怒、受傷、恐懼與背叛。他把甜心想知道的事都告訴她，懇求她的原諒。

幸運轉身望著艾爾帕，然後再看看貝拉。最後望著在場所有的狗，見到了懷恩的沾沾自喜、史奈普的困惑、費瑞滿臉怒容、黛西與陽光嚇得直發抖。他嗅聞到空氣中緊繃的氛圍，感覺渾身寒毛豎起、心跳加速。

是該做出決定了，幸運，選擇自己效忠的對象。

接著，碩大的狼犬步上前，幸運站在原地渾身顫抖。

或許，他根本沒有選擇的餘地。

或許，他只能受死。

國家圖書館出版品預編目資料

狗勇士首部曲. 二, 暗藏敵影 / 艾琳.杭特(Erin Hunter)著 ；盧相如譯. -- 二版. -- 臺中市：晨星, 2019.09

面； 公分. -- (Survivors ; 2)

譯自：Survivors #2: A hidden enemy

ISBN 978-986-443-923-2 (平裝)

874.59　　108012649

SURVIVORS

狗勇士首部曲之二

暗藏敵影 A HIDDEN ENEMY

作者	艾琳・杭特（Erin Hunter）
譯者	盧相如
責任編輯	呂曉婕
校對	林儀涵、鄭乃瑄、呂曉婕
封面插圖	萬伯
封面設計	鐘文君
美術編輯	陳柔含、呂曉婕
創辦人	陳銘民
發行所	晨星出版有限公司 台中市407工業區30路1號 TEL：(04)23595820　FAX：(04)23550581 E-mail: service@morningstar.com.tw http://www.morningstar.com.tw 行政院新聞局局版台業字第2500號
法律顧問	陳思成律師
初版	西元2013年12月15日
二版	西元2019年10月1日
總經銷	知己圖書股份有限公司 （台北公司）106台北市大安區辛亥路一段30號9樓 TEL：02-23672044 / 23672047　FAX：02-23635741 （台中公司）407台中市西屯區工業30路1號1樓 TEL：04-23595819　FAX：04-2359549304-23595819#230
E-mail	service@morningstar.com.tw
讀者服務專線	04-23595819 # 230
郵政劃撥	15060393（知己圖書股份有限公司）
印刷	上好印刷股份有限公司

定價260元

（缺頁或破損的書，請寄回更換）

ISBN 978-986-443-923-2

狗勇士

親愛的大小朋友：

感謝您購買晨星出版蘋果文庫的書籍。即日起，凡填寫此回函並附上郵資55元（工本費）寄回晨星出版，就可以獲得精美好禮乙份！

打★號為必填項目

★購買的書是：**狗勇士首部曲之二：暗藏敵影**

★姓名：____________ ★性別：□男 □女 ★生日：西元______年___月___日

★電話：____________ ★e-mail：____________

★地址：□□□ ______縣／市 ______鄉／鎮／市／區

______路／街 ___段 ___巷 ___弄 ___號 ___樓／室

職業：□學生／就讀學校：______ □老師／任教學校：______

□服務 □製造 □科技 □軍公教 □金融 □傳播 □其他______

怎麼知道這本書的呢？

□老師買的 □父母買的 □自己買的 □其他______

希望晨星能出版哪些青少年書籍：（複選）

□奇幻冒險 □勵志故事 □幽默故事 □推理故事 □藝術人文

□中外經典名著 □自然科學與環境教育 □漫畫 □其他______

你最喜歡哪隻狗勇士？為什麼？

填寫線上回函，立即獲得晨星網路書店 50 元購物金！

請黏貼
8 元郵票

407 台中市工業區30路1號
晨星出版有限公司
TEL：（04）23595820 FAX：（04）23550581
e-mail：service@morningstar.com.tw
http://www.morningstar.com.tw

請延虛線摺下裝訂，謝謝！

SURVIVORS 首部曲之 II
貓勇士
暗藏敵影